新日檢試驗 N4 絕對合格

解析本

全MP3音檔下載導向頁面

http://www.booknews.com.tw/mp3/121240006-10.htm

iOS系請升級至iOS 13後再行下載
全書音檔為大型檔案，建議使用WIFI連線下載，以免占用流量，
並確認連線狀況，以利下載順暢。

はじめに

試験を受けるとき、過去に出された問題を解いて、どのような問題が出るのか、それに対して現在の自分の実力はどうか、確認することは一般的な勉強法でしょう。しかし、日本語能力試験は過去の問題が公開されていません。そこで私たちは、外国籍を持つスタッフが受験するなどして日本語能力試験を研究し、このシリーズをつくりました。はじめて日本語能力試験Ｎ4を受ける人も、本書で問題形式ごとのポイントを知り、同じ形式の問題を３回分解くことで、万全の態勢で本番に臨むことができるはずです。本書『合格模試』を手にとってくださったみなさんが、日本語能力試験Ｎ4に合格し、さらに上の目標を目指していかれることを願っています。

編集部一同

前言：

解答歷年真題，確認試題中出現的題型並檢查自身實力，是廣大考生備考時普遍使用的學習方法。然而，日語能力考試的試題並未公開。基於以上現狀，我們通過讓外國籍員工實際參加考試等方法，對日語能力考試進行深入研究，並製作了本系列書籍。第一次參加N4考試的人，也能通過本書熟知各個大題的出題要點。解答三次與正式考試相同形式的試題，以萬全的態勢挑戰考試吧。衷心祝願購買本書《合格模試》的各位能在N4考試中旗開得勝，並追求更高的目標。

編輯部全體成員

もくじ
目錄

この本の使い方

構成

模擬試験が3回分ついています。時間を計って集中して取り組んでください。終了後は採点して、わからなかったところ、間違えたところはそのままにせず、解説までしっかり読んでください。

対策　日本語能力試験にはどのような問題が出るか、どうやって勉強すればいいのか確認する。

解答・解説　正誤を判定するだけでなく、どうして間違えたのか確認すること。
正答以外の選択肢についての解説。
□・覚えよう　問題文に出てきた語彙・表現や、関連する語彙・表現。

問題（別冊）　とりはずし、最終ページにある解答用紙を切り離して使う。

スケジュール

JLPTの勉強開始時：第1回の問題を解いて、試験の形式と自分の実力を知る。

苦手分野をトレーニング
- **文字・語彙・文法**：模試の解説で取り上げられている語・表現をノートに書き写しておぼえる。
- **読解**：毎日1つ日本語のまとまった文章を読む。
- **聴解**：模試の問題をスクリプトを見ながら聞く。

第2回、第3回の問題を解いて、日本語力が伸びているか確認する。

試験直前：もう一度同じ模試を解いて最終確認。

本書的使用方法

構成

本書附帶三次模擬試題。請計時並集中精力進行解答。解答結束後自行評分，對於不理解的地方和錯題不要將錯就錯，請認真閱讀解說部分。

考試對策 確認日語能力考試中出現的題型，並確認與之相應的學習方法。

解答・解說 不僅要判斷正誤，更要弄明白自己解答錯誤的原因。

對正確答案以外的選項進行解說。

□・★熟記單字及表現 問題中出現的詞彙、表達，以及與之相關的詞彙、表達。

試題（附冊） 使用時可以單獨取出。答題卡可以用剪刀等剪下。

備考計劃表

備考開始時：解答第 1 回試題，瞭解考試的題型並檢查自身實力。

針對不擅長的領域進行集中練習
- **文字 ・ 詞彙 ・ 語法：**將解說部分中提到的詞彙、表達抄到筆記本上，邊寫邊記。
- **閱讀：**堅持每天閱讀一篇完整的日語文章。
- **聽力：**反覆聽錄音，並閱讀聽力原文。

解答第 2 回、第 3 回試題，確認自己的日語能力有沒有得到提高。

正式考試之前：再次解答模擬試題，進行最終確認。

日本語能力試験（JLPT）N4について

Q1 日本語能力試験（JLPT）ってどんな試験？

日本語を母語としない人の日本語力を測定する試験です。日本では47都道府県、海外では86か国（2018年実績）で実施。年間のべ100万人以上が受験する、最大規模の日本語の試験です。レベルはN5からN1まで5段階。以前は4級から1級の4段階でしたが、2010年に改訂されて、いまの形になりました。

Q2 N4はどんなレベル？

N4は、古い試験の3級にあたるレベルで、「基本的な日本語を理解することができる」とされています。具体的には「基本的な語彙や漢字を使って書かれた日常生活の中での身近な話題の文章を、読んで理解できる」「日常的な場面で、ややゆっくりと話される会話であれば、内容がほぼ理解できる」というレベルです。

Q3 N4はどんな問題が出るの？

試験科目は、①言語知識（文字・語彙）、②言語知識（文法）・読解、③聴解の3科目です。詳しい出題内容は08ページからの解説をご覧ください。

Q4 得点は？

試験科目と異なり、得点は、①言語知識（文字・語彙・文法）・読解、②聴解の2つに分かれています。①は0～120点、②は0～60点で、総合得点は0～180点、合格点は90点です。ただし、①が38点、②が19点に達していないと、総合得点が高くても不合格となります。

Q5 どうやって申し込むの？

日本で受験する場合は、日本国際教育支援協会のウェブサイト（info.jees-jlpt.jp）から申し込みます。郵送での申し込みは廃止されました。海外で受験する場合は、各国の実施機関に問い合わせます。実施機関は公式サイトで確認できます。

詳しくは公式サイトでご確認ください。
https://www.jlpt.jp

關於日語能力測驗 N4
（JLPT）

Q1 關於日語能力測驗（JLPT）

該考試以母語不是日語的人士為對象，對其日語能力進行測試和評定。截止2018年，在日本47個都道府縣、海外86個國家均設有考點。每年報名人數總計超過100萬人，是全球最大規模的日語考試。該考試於2010年實行改革，級別由從前4級到1級的四個階段變為現在N5到N1的五個階段。

Q2 關於N4

N4的難度和原日語能力測驗3級相當，重點考察對基礎日語的理解。譬如能夠讀懂由基礎詞彙或漢字寫成的有關日常生活中身邊話題的文章，或者在聽一段語速較慢的日常會話時，能夠大致理解其內容。

Q3 N4的考試科目

N4考試設有三個科目：①語言知識（文字・詞彙）、②語言知識（文法）・閱讀、③聽力。詳細出題內容請參閱解說（p008～）。

Q4 N4合格評定標準

通過單項得分和綜合得分來評定是否合格。N4分為兩個評分單項：①語言知識（文字•詞彙•文法）、閱讀；②聽力。①的滿分為120分，②的滿分為60分。綜合得分（①+②）的滿分為180分，及格分為90分。但是，如果①的得分沒有達到38分，或者②的得分沒有達到19分，那麼即使綜合得分再高都不能視為合格。

Q5 報考流程 ※以下為在臺灣的報名方式，非原文對照

在臺灣國內申請考試者，①必須先至LTTC（財團法人言訓練測驗中心）的官網 https://www. jlpt.tw/index.aspx 註冊會員，成為會員後才能申請受測。②接著從頁面中的選項中點選「我要報名」，申請報名的動作並依指示繳費。③完成繳費後，於第3個以上的工作天後，可以再登入系統確認是否通過報名審核。詳細的報名流程可見 https://www.jlpt.tw/WebFile/nagare.pdf 說明。而申請在日本國內考試者，可以透過日本國際教育支援協會官網（info.jees-jlpt.jp）進行報名考試。此外，於其他國家報名考試者，請諮詢各國承辦單位。各國JLPT 檢驗的承辦單位可以透過官網確認。

詳情請參看JLPT考試官網。

https://www.jlpt.jp

日本語能力測驗N4　題目型態及對策

語言知識（文字・語彙）

問題1　漢字讀音　9題

選擇該日語漢字的正確讀音。

もんだい１　＿＿＿の　ことばは　ひらがなで　どう　かきますか。１・２・３・４から　いちばん　いい　ものを　ひとつ　えらんで　ください。

れい１　この　黒い　かばんは　やまださんのです。
　１　あかい　　２　くろい　　３　しろい　　４　あおい

れい２　なんじに　学校へ　行きますか。
　１　がこう　　２　がこ　　３　がっこう　　４　がっこ

こたえ：れい１　２、れい２　３

問題1　＿＿的單字用平假名要怎麼寫？請從1、2、3、4的選項中選出一個最適合的答案。

例1　這個黑色包包是山田先生的。
例2　幾點要去學校。

答案：例1　2、例2　3

POINT

例１のように、読みはまったく違うけど同じジャンルのことばが選択肢に並ぶ場合と、例２のように「っ」や「゛」、長い音の有無が解答の決め手となる場合があります。例１のパターンでは、問題文の文脈からそこに入る言葉の意味が推測できることがあります。問題文は全部読みましょう。

要點：此類題型大致可以分為兩種情況。如例1所示，4個選項雖然讀音完全不同，但詞彙類型相同；而例2的情況，「っ（促音）」、「゛（濁音、半濁音）」，或者長音的有無通常會成為解答的決定因素。諸如例1的問題，有時可以從文脈中推測出填入空白處的詞彙的意思，因此要養成做題時把問題從頭到尾讀一遍的習慣。

勉強法

例２のパターンでは、発音が不正確だと正解を選べません。漢字を勉強するときは、音とひらがなを結び付けて、声に出して確認しながら覚えましょう。一見遠回りのようですが、これをしておけば聴解力も伸びます。

學習方法：諸如例2的問題，如果讀音不正確則無法選中正確答案。學習日語漢字時，確認該漢字的讀音，並將整個詞彙大聲讀出來，邊讀邊記。這種方法不僅可以幫助我們高效記憶，也能夠間接提高聽力水平。

問題2　表記　6題

選擇與該假名詞彙相對應的漢字。

もんだい2 ＿＿＿の ことばは どう かきますか。1・2・3・4から いちばん いい ものを ひとつ えらんで ください。

れい　らいしゅう、日本へ　行きます。

1　先週　　2　来週　　3　先月　　4　来月

こたえ：2

問題2 ＿＿的單字的漢字要怎麼寫？請從1、2、3、4的選項中選出一個最適合的答案。

例　下週要去日本。

1　上週　2　下週　3　上個月　4　下個月

答案：2

POINT

漢字の問題は、長く考えたら答えがわかるというものではありません。時間をかけすぎず、後半に時間を残しましょう。

要點：考查漢字的問題，即使長時間思考也不一定會得到正確答案。注意不要在此類問題上耗費過多時間，要多把時間留給後半部分。

勉強法

漢字を使った言葉の意味と音と表記をおぼえるだけでなく、以下の3つをするといいでしょう。

① 同じ漢字を使った言葉を集めて単漢字の意味をチェックする。
② 漢字をパーツで分類してグルーピングしておく。
③ 送りがなのある漢字は、品詞ごとにパターンを整理しておく。

學習方法：學習帶漢字的詞彙時，在記住該詞彙的意思、讀音和寫法的同時，也可以通過以下三種方式進行鞏固和提高。

①收集使用同一個漢字的詞彙，確認該漢字的意思。
②按照邊旁部首將漢字進行分類，並進行分組。
③如果該詞彙同時含有漢字和假名，則可以將該詞彙按照詞類進行分類，比如名詞、動詞、形容詞等。

問題3　文脈規定　10題

在（　　）中填入恰當的詞語。

もんだい3（　　）に　なにを　いれますか。1・2・3・4から　いちばん　いい　ものを　ひとつ　えらんで　ください。

れい　わたしは（　　）ひるごはんを　食べていません。

1　すぐ　　2　もっと　　3　もう　　4　まだ

こたえ：4

問題3　請從1・2・3・4中，選出一個最適合填入（ ）的答案。

例　我（ ）沒有吃午餐。

1　馬上　2　還要　3　已經　4　還

答案：4

POINT

名詞、形容詞、副詞、動詞のほか、助数詞やカタカナ語の問題が出る。

要點：除名詞、形容詞、副詞、動詞以外，此類題型也經常考查量詞和片假名詞彙。

勉強法

カタカナ語：カタカナ語は多くが英語に由来しています。カタカナ語の母語訳だけでなく、英語と結び付けておくと覚えやすいでしょう。「語末の"s"は「ス」（例：bus→バス）」など、英語をカタカナにしたときの変化を自分なりにルール化しておくと、初めて見る単語も類推できるようになります。

動詞・副詞：その単語だけでなく、よくいっしょに使われる単語とセットで、例文で覚えましょう。副詞は「程度」「頻度」「予想」など、意味ごとに分類しておくといいですよ。

學習方法：片假名詞彙：由於片假名詞彙大多來源於英語，因此結合英語進行記憶會比較輕鬆。例如，"バス"來源於英語的"bus"，"s"變成了片假名的"ス"。針對此類由英語變化而成的片假名詞彙，可以按照自己的方式對其進行整理和規則化，這樣一來，即使是生詞也能夠推測出其意思。

動詞、副詞：除了記住該詞彙本身的意思外，還要記住經常與該詞彙一起使用的單詞。通過例句進行記憶，可以讓印象更深刻。另外，將副詞按照"程度""頻率""預測"等意思進行分組，也是一種高效的記憶方法。

問題4　近似詞　5題

選擇與＿＿＿部分意思相近的選項。

もんだい4　＿＿＿の　ぶんと　だいたい　おなじ　いみの　ぶんが　あります。1・2・3・4から　いちばん　いい　ものを　ひとつ　えらんで　ください。

れい　この　へやは　きんえんです。

1　この　へやは　たばこを　すっては　いけません。
2　この　へやは　たばこを　すっても　いいです。
3　この　へやは　たばこを　すわなければ　いけません。
4　この　へやは　たばこを　すわなくても　いいです。

こたえ：1

問題4　選項中有句子跟＿的句子意思幾乎一樣。請從1、2、3、4中選出一個最適合的答案。

例　這間房間禁菸。

1　這間房間不可以吸菸。
2　這間房間可以吸菸。
3　這間房間必須吸菸。
4　這間房間不吸菸也沒關係。

答案：1

POINT

まず4つの選択肢の異なっている部分を見て、最初の文の対応している部分と比べる。共通している部分はあまり気にしなくてよい。

要點：首先觀察4個選項不同的部分，並與下劃線句子中相對應的部分進行比較。選項中相同的部分則不必太在意。

勉強法

よくいっしょに使われる単語とセットで、単語の意味をおぼえていれば大丈夫。また、「～する」という形の動詞は、言い換えられるものが多いので、セットでおぼえておきましょう。例：「会話する」＝「話す」

學習方法：記住該詞彙以及經常與該詞彙一起使用的單詞的意思。另外，“～する”形式的動詞通常情況下都會有其相近的說法，最好一起記下來。例：「会話する」＝「話す」

問題5　用法　5題

選擇正確使用了該詞彙的句子。

もんだい5　つぎの　ことばの　つかいかたで　いちばん　いい　ものを　1・2・3・4　から　ひとつ　えらんで　ください。

（れい）　こたえる

1　かんじを　大きく　こたえて　ください。
2　本を　たくさん　こたえて　ください。
3　わたしの　はなしを　よく　こたえて　ください。
4　先生の　しつもんに　ちゃんと　こたえて　ください。

こたえ：4

問題5　關於下列單字的用法，請從1、2、3、4的選項中選出一個最適合的答案。

（例）回答

1　請把漢字回答大一點。
2　請回答很多書。
3　請好好回答我說的事。
4　請認真回答老師的問題。

答案：4

勉強法

単語の意味を知っているだけでは答えられない問題もあります。語彙をおぼえるときは、いつどこで使うのか、どんな単語といっしょに使われるか、などにも注意しておぼえましょう。

學習方法：此類題型，有些問題只知道詞彙的意思是無法選中正確答案的。學習詞彙時，要注意該詞彙什麼時候用在什麼地方，和什麼樣的詞語一起使用。

語言知識（文法）・讀解

問題1　句子的文法1（判斷文法的形式）　15題

在（　　）中填入最恰當的詞語。

もんだい1　（　　）に　何を　入れますか。1・2・3・4から　いちばん　いい　ものを　一つ　えらんで　ください。

例（れい）　あした　京都（きょうと）（　　）　行きます。
　1　を　　2　へ　　3　と　　4　の

こたえ：2

問題1　（ ）內要放什麼進去？請從1、2、3、4的選項中選出一個最適合的答案。

例　明天要（ ）京都。
　1　把　2　去　3　跟　4　的

答案：2

POINT

文法問題と読解問題は時間が分かれていない。読解問題に時間をかけられるよう、文法問題は早めに解くこと。わからなければ適当にマークして次へ進むとよい。ただし、会話形式の問題など、全部読まないと答えを導き出せない問題もある。問題文は全部読むこと。

要點：語法和閱讀不會分開計時。必須為閱讀部分確保足夠的時間。因此語法問題要儘早解答。如果遇到不會做的題，可以隨便選擇一個選項然後進入下一題。但是，譬如對話形式的問題，如果不把問題看完就無法知道正確答案。因此要養成將問題從頭到尾看一遍的習慣。

勉強法

文法項目ごとに、自分の気に入った例文を1つおぼえておきましょう。その文法が使われる場面のイメージを持つこと、いっしょに使われる言葉もおぼえることが大切です。

學習方法：每個語法項目，都可以通過記憶一個自己喜歡的例句來進行學習。要弄清楚該語法在什麼時候什麼樣的情況下使用，也就是說要對使用該語法的場景形成一個整體印象。同時，還要記住該語法中經常出現的詞彙。

問題2　句子的文法2（句子的組成）　5題

將4個選項進行排序以組成正確的句子，在 ＿★＿ 填入相對應的數字。

もんだい2　＿★＿に　入る　ものは　どれですか。1・2・3・4から　いちばん　いい　ものを　一つ　えらんで　ください。

（問題例）

木の ＿＿＿ ＿＿＿ ＿★＿ ＿＿＿ います。

1　が　　2　に　　3上　　4ねこ

こたえ：4

問題2　放進＿★＿的單字是哪一個？請從1、2、3、4的選項中選出一個最適合的答案。

（例）

樹＿＿＿ ＿＿＿ ＿★＿ ＿＿＿在。

1　是　2　有　3　上　4　貓

答案：4

POINT

＿＿＿だけでなく、文全体を読んで話の流れを理解してから、ペアが作れる単語を探して、文を組み立てていく。たいていは2番目か3番目の空欄が＿★＿だが、違うこともあるので注意。

要點：不要只看＿＿＿的部分，閱讀全文，瞭解文章的整體走向後再進行作答。有些選項可以互相組成詞組，且大多數情況下＿★＿會出現在第2或者 3 個空白欄處，但也有例外，要注意。

勉強法

文型の知識が問われる問題だけでなく、長い名詞修飾節を適切な順番に並べ替える問題も多く出ます。名詞修飾が苦手な人は、日ごろから、母語と日本語とで名詞修飾節の位置が違うことに注意しながら、長文を読むときに文の構造を図式化するなどして、文の構造に慣れておきましょう。

學習方法：此類題型不僅會出現考查句型知識的問題，也會出現很多需要將一長段名詞修飾成分按照恰當的順序排列的問題。不擅長名詞修飾的人，平時要注意母語和日語中名詞修飾成分所處位置的不同；同時，在閱讀較長的句子時，可以通過將句子的結構圖式化等方法，以習慣句子的結構。

問題3　句子的文法　5題

閱讀短文，選擇符合文章大意的選項。

もんだい3 [れい1] から [れい4] に 何を 入れますか。文章(ぶんしょう)の 意味(いみ)を 考(かんが)えて、1・2・3・4から いちばん いい ものを 一つ えらんで ください。

大学の　思い出

わたしは　1年前に　大学を　そつぎょうした。大学生の　ときは、じゅぎょうには [れい1] と　思って　いたが、その　考えは　まちがって　いた。先生の　話を　聞き、しつもんできる　チャンスは、社会に　出たら　ない。[れい2] を　して　いた　時間を、今は　とても　ざんねんに　思う。[れい3] 友人は　たくさん　できた。今でも　その　友人たちとは　よく　会って、いろいろな　話を　する。これからも　友人たちを [れい4] と　思って　いる。

れい1　1　行かなくても　いい　　2　行ったら　よかった
　　　 3　行ったほうが　いい　　4　行かない　だろう

れい2　1　あのこと　2　そんな　生活　3　この　勉強　4　どういうもの

れい3　1　だから　2　しかし　3　そのうえ　4　また

れい4　1　大切に　したい　　2　大切に　したがる
　　　 3　大切に　させる　　4　大切に される

こたえ：れい1　1、れい2　2、れい3　2、れい4　1

問題3　從（例1）到（例4）要放什麼？請思考文章的意思之後再從1、2、3、4的選項中選出一個最適合的答案。

大學的回憶

一年前我大學畢業了。還是大學生的時候我覺得（例1），但是我的想法錯了。聽老師講課還有機會能提問，等到出社會就沒機會了。當時把時間花在（例2）讓我現在覺得非常可惜。（例3）我交到了很多朋友。到現在我也常常跟那些朋友見面聊很多事。今後我也（例4）這些朋友。

例1　1　不去上課也沒差　2　如果有去上課就好了
　　 3　去上課比較好　4　應該不會去上課吧

例2　1　那件事　2　那種生活上　3　學這件事　4　什麼事

例3　1　所以　2　但是　3　因此　4　又

例4　1　想珍惜　2　他想珍惜
　　 3　讓他珍惜　4　被他珍惜

答案：例1　1、例2　2、例3　2、例4　1

POINT

以下の２種類の問題がある。

①接続詞：下記のような接続詞を入れる。空欄の前後の文を読んでつながりを考える。

- 順接：だから、すると、それで、それなら
- 逆接：しかし、でも、けれども
- 並列：また
- 添加：それに、そして、それから
- 選択：または、それとも
- 説明：なぜなら
- 転換：ところで
- 例示：たとえば
- 注目：とくに

②文中表現・文末表現：助詞や文型の知識が問われる。前後の文の意味内容を理解し、付け加えられた文法項目がどのような意味を添えることになるか考える。

要點：此類題型會出現以下2種問題。

①接續詞：考查下列接續詞的用法。閱讀空格前後的句子，並思考相互間的聯繫。

- 順接：だから、すると、それで、それなら
- 逆接：しかし、でも、けれども
- 並列：また
- 添加：それに、そして、それから
- 選擇：または、それとも
- 說明：なぜなら
- 轉換話題：ところで
- 舉例：たとえば
- 注目：とくに

②文中表達・文末表達 ：考查助詞的用法或者句型知識。理解前後文的內容，思考選項中所使用的語法項目會賦予該選項什麼樣的意思。

勉強法

①接続詞：上記の分類をおぼえておきましょう。また、日頃から文章を読むときは、接続詞に線を引き、前後の文章のつながりを考えながら読むようにしましょう。

②文末表現・文中表現：日ごろから文法項目は例文ベースで覚えておくと役に立ちます。

學習方法：

①接續詞：記住以上分類並加以練習。另外，平時閱讀文章時，可以把接續詞標出來，然後思考前後文的聯繫。

②文中表達・文末表達：語法不僅需要靠平時的積累，如何學習也是非常重要的。通過例句學習和記憶語法，不失為一種有效的學習方法。

問題4　理解內容（短篇文章）　4題

閱讀100～200字的短文，選擇符合文章內容的選項。

POINT

メールやお知らせなどを含む短い文章を読み、文章の主旨や下線部の意味を選ぶ問題。質問を読んで、問われている部分を本文中から探し出し、印をつけて、選択肢と照らし合わせる。

要點：此類題型經常出現郵件或通知等簡短的文章，考查對文章主旨的理解或者對下劃線部分進行提問。認真閱讀問題，在文章中找出與提問內容相對應的部分並將其標出，然後判斷正確答案。

問題5　理解內容（中篇文章）　4題×1

閱讀450字左右的文章，選擇符合文章內容的選項。

POINT

下線部の意味を問う問題が出たら、同じ意味を表す言い換えの表現や、文章中に何度も出てくるキーワードを探す。下線部の前後にヒントがある場合が多い。

要點：對於這種就下劃線部分的意思進行提問的問題，可以找出表示相同意思的替換表達、或者文章中反覆出現的關鍵詞。大多數情況下，可以從下劃線部分的前後文找到提示。

勉強法

まずは、全体をざっと読むトップダウンの読み方で大意を把握し、次に問題文を読んで、下線部の前後など、解答につながりそうな部分をじっくり見るボトムアップの読み方をするといいでしょう。日ごろの読解練習でも、まずざっと読んで大意を把握してから、丁寧に読み進めるという2つの読み方を併用してください。

學習方法：首先，粗略地閱讀整篇文章，用自上而下的方法來把握文章大意；然後閱讀問題，並仔細觀察下劃線部分前後的語句等，用自下而上的方法仔細閱讀與解答相關的部分。在日常的閱讀訓練中，要有意識地並用“自上而下”和“自下而上”這兩種閱讀方法，先粗略閱讀全文，把握文章大意後，再仔細閱讀。

問題6　收集資訊　1題

從廣告、宣傳單中讀取必要信息並回答問題。

POINT

何かの情報を得るためにチラシなどを読むという、日常の読解活動に近い形の問題。質問に含まれる日時や料金など問題を解く手がかりになるものには下線を引き、表やチラシの該当する部分を丸で囲むなどすると、答えが見えてくる。また、表の外側やチラシのはじにある注意書きに重要なヒントが書かれていることがあるので、必ずチェックすること。

要點：日常生活中，人們常常為了獲取信息而閱讀傳單等宣傳物品，因此，此類題型與我們日常的閱讀活動非常相近。此類題型經常會對日期、時間以及費用進行提問。認真讀題，在與解題線索有關的句子下畫線，然後在表格或宣傳單中找到並標出與之相對應的部分，這樣的話答案就會一目了然。此外，宣傳單等的開頭或結尾部分所記載的注意事項中往往含有重要信息，一定要注意。

聽解

POINT

聴解は、「あとでもう一度考えよう」と思わず、音声を聞いたらすぐに答えを考えて、マークシートに記入する。

要點：聽力部分，不要總想著“我待會再思考一遍”，聽的同時就要思考答案，然後立刻填寫答題卡。

勉強法

聴解は、読解のようにじっくり情報について考えることができません。わからない語彙があっても、瞬時に内容や発話意図を把握できるように、たくさん練習して慣れましょう。とはいえ、やみくもに聞いても聴解力はつきません。話している人の目的を把握したうえで聞くようにしましょう。また、聴解力を支える語彙・文法の基礎力と情報処理スピードを上げるため、語彙も音声で聞いて理解できるようにしておきましょう。

學習方法： 聽力無法像閱讀那樣仔細地進行思考。即使有不懂的詞彙，也要做到能夠瞬間把握對話內容和表達意圖，所以大量的練習非常重要。話雖如此，沒頭沒腦地聽是無法提高聽力水平的。進行聽力訓練的時候，要養成把握說話人的目的的習慣。另外，詞彙、語法和信息處理速度是聽力的基礎，因此在學習詞彙時，可以邊聽邊學，這也是一種間接提高聽力水平的方法。

問題1　理解課題　8題

聽兩個人的對話，聽取解決某一課題所需的信息。

もんだい1では、まず　しつもんを　聞いて　ください。それから　話を　聞いて、もんだいようしの　1から4の　中から、いちばん　いい　ものを　一つ　えらんで　ください。

じょうきょうせつめいとしつもんを聞く

🔊 女の人と男の人が電話で話しています。女の人はこのあとまず何をしますか。

▼

かいわを聞く

🔊 F：もしもし。今、駅前の郵便局の前にいるんだけど、ここからどうやって行けばいいかな？
M：郵便局か。そこから大きな茶色いビルは見える？
F：うん、見えるよ。
M：信号を渡って、そのビルの方へ歩いてきて。ビルの横の道を2分くらい歩くとコンビニがあるから、その前で待っていて。そこまで迎えに行くよ。
F：うん、わかった。ありがとう。
M：うん、じゃあまたあとで。

▼

もう一度しつもんを聞く

🔊 女の人はこのあとまず何をしますか。

▼

答えをえらぶ

1　ゆうびんきょくの　前で　まつ
2　ちゃいろい　ビルの　中に　入る
3　コンビニで　買いものを　する
4　しんごうを　わたる

答え：4

在問題1中，請先聽問題。聽完對話後，從試題冊上1～4的選項中，選出一個最適當的答案。

情境說明跟聽問題

🔊 女性跟男性在講電話。女性等一下第一件事要做什麼？

▼

聽對話

🔊 女：喂喂。我現在人在車站前的郵局前面，接下來我該怎麼走？
男：郵局啊。從那裡看得到一棟茶色大樓嗎？
女：嗯，看得到喔。
男：過馬路朝著那棟大樓走過來。然後走大樓旁邊的路走個兩分鐘有間超商，在超商前等我。我走到那裡接妳。
女：嗯，我知道了。謝謝。
男：好，那麼待會兒見。

▼

再聽一次問題

▼

選擇答案

🔊 女性等一下第一件事要做什麼？

1　在郵局前面等
2　進去茶色大樓
3　在超商買東西
4　過馬路

答案：4

POINT

質問をしっかり聞き、聞くべきポイントを絞って聞く。質問は「(このあとまず) 何をしますか。」「何をしなければなりませんか」というものが多い。「○○しましょうか。」「それはもうしたのでだいじょうぶ。」などと話が二転三転することもよくあるので注意。

要點：仔細聽問題，並抓住重點聽。問題幾乎都是“（このあとまず）何をしますか。”“何をしなければなりませんか”這樣的形式。對話過程中話題會反複變化，因此要注意“○○しましょうか。”“それはもうしたのでだいじょうぶ。”這樣的語句。

問題2　重點理解　7題

聽兩個人或者一個人的會話，聽取整段會話的要點。

もんだい2では、まず　しつもんを　聞いて　ください。そのあと、もんだいようしを　見て　ください。読む　時間が　あります。それから　話を　聞いて、もんだいようしの　1から4の　中から、いちばん　いい　ものを　一つ　えらんで　ください。

じょうきょうせつめいとしつもんを聞く

▼

もんだいの1～4を読む

話を聞く

🔊 女の人と男の人が話しています。女の人は、結婚式で何を着ますか。

（約20秒間）

🔊 F：明日の友だちの結婚式、楽しみだな。
M：そうだね。何を着るか決めたの？
F：本当は着物を着たいんだけど、一人じゃ着られないし、動きにくいんだよね。
M：そうだね。
F：それで、このピンクのドレスにしようと思ってるんだけど、どうかな。
M：うーん、これだけだと寒いと思うよ。
F：そうかな。じゃあ、この黒いドレスはどう？　これは寒くないよね。
M：そうだけど、短すぎない？

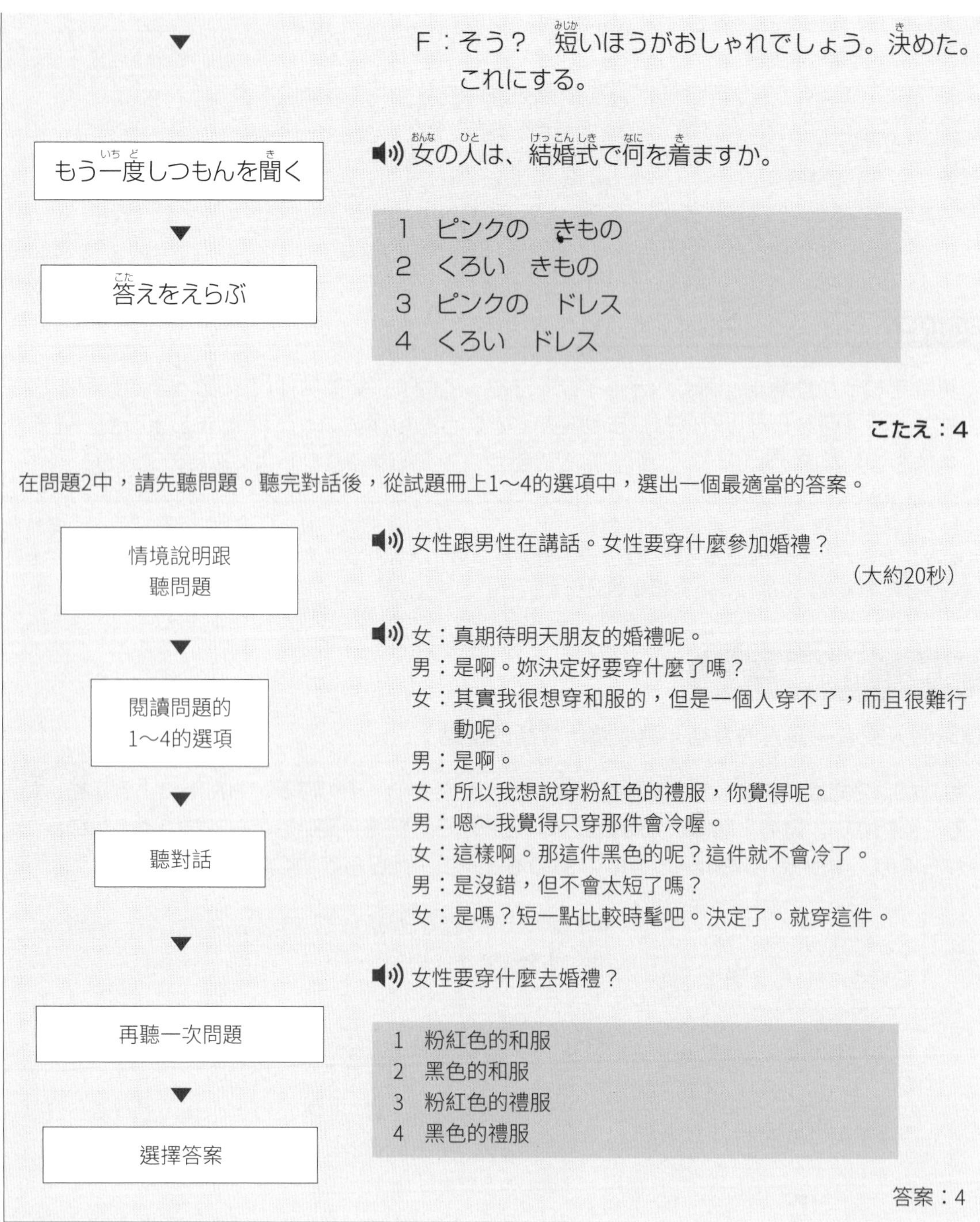

F：そう？　短いほうがおしゃれでしょう。決めた。
これにする。

もう一度しつもんを聞く

女の人は、結婚式で何を着ますか。

答えをえらぶ

1　ピンクの　きもの
2　くろい　きもの
3　ピンクの　ドレス
4　くろい　ドレス

こたえ：4

在問題2中，請先聽問題。聽完對話後，從試題冊上1～4的選項中，選出一個最適當的答案。

情境說明跟聽問題

女性跟男性在講話。女性要穿什麼參加婚禮？

（大約20秒）

閱讀問題的1～4的選項

聽對話

女：真期待明天朋友的婚禮呢。
男：是啊。妳決定好要穿什麼了嗎？
女：其實我很想穿和服的，但是一個人穿不了，而且很難行動呢。
男：是啊。
女：所以我想說穿粉紅色的禮服，你覺得呢。
男：嗯～我覺得只穿那件會冷喔。
女：這樣啊。那這件黑色的呢？這件就不會冷了。
男：是沒錯，但不會太短了嗎？
女：是嗎？短一點比較時髦吧。決定了。就穿這件。

再聽一次問題

女性要穿什麼去婚禮？

選擇答案

1　粉紅色的和服
2　黑色的和服
3　粉紅色的禮服
4　黑色的禮服

答案：4

POINT

質問文を聞いたあとに、選択肢を読む時間がある。質問と選択肢から内容を予想し、ポイントを絞って聞くこと。「いつ」「だれ」「どこ」「なに」「どうして」など、具体的な情報を問う質問が多い。

要點：聽完問題後，會有時間閱讀選項。從問題和選項預測接下來要聽的內容，並抓住重點聽。問題經常會問到譬如“什麼時候”“誰”“哪裡”“什麼”“為什麼”這樣的具體信息。

問題3　講話表達　5題

看插圖並聽錄音，選擇最適合該場景的表達。

もんだい3では、えを　見ながら　しつもんを　聞いて　ください。→（やじるし）の　人は　何と　言いますか。1から3の　中から、いちばん　いい　ものを　一つ　えらんで　ください。

イラストを見る

▼

じょうきょうせつめいを聞く

▼

1～3を聞く

▼

答えをえらぶ

友だちに借りた本にアイスクリームを落としてしまいました。何と言いますか。

1　本を汚してしまって、ごめんね。
2　本が汚れそうで、ごめんね。
3　本が汚れたみたいで、ごめんね。

こたえ：1

問題3請一邊看圖片一邊聽問題。→（箭頭）的人要說什麼？請從1到3的選項中選出一個最適合的答案。

看圖片

▼

聽情境說明

▼

聽1～3的選項

▼

選擇答案

不小心把冰淇淋滴到跟朋友借的書上了。這時候要說什麼？

1　弄髒你的書了，對不起。
2　書感覺會髒掉，對不起。
3　書好像變髒了，對不起。

答案：1

POINT

最初に流れる状況説明と問題用紙に描かれたイラストから、場面や登場人物の関係をよく理解したうえで、その状況にふさわしい伝え方、受け答えを考える。

要點：根據最初播放的狀況說明以及插圖，在理解對話場景或者登場人物的關係的基礎上，思考適合該場合的傳達和應答方式。

問題4　即時回答　8題

聽一句簡短的提問或者請求，選擇最適合的應答。

もんだい4では、えなどが　ありません。まず　ぶんを　聞いて　ください。それから、そのへんじを　聞いて、1から3の　中から、いちばん　いい　ものを　一つ　えらんで　ください。

しつもんなどを聞く ▼ 1～3を聞く ▼ 答えをえらぶ

おみやげのお菓子です。ひとつどうぞ。

1　わあ、いただきます。
2　いえ、どういたしまして。
3　たくさん食べてくださいね。

こたえ：1

問題4沒有圖片。首先請聽句子。之後聽完回答選項再從選項1～3中選出一個最適合的答案

聽問題 ▼ 聽1～3的選項 ▼ 選擇答案

這是我買的伴手禮零食。請吃一個。

1　哇啊，我不客氣了。
2　哪裡，不客氣。
3　請多吃一點喔。

答案：1

勉強法

問題3と4には、挨拶や、日常生活でよく使われている依頼、勧誘、申し出などの表現がたくさん出てきます。日頃から注意しておぼえておきましょう。文型についても、読んでわかるだけでなく、耳から聞いてもわかるように勉強しましょう。

學習方法：在問題3和4中，會出現很多寒暄語，也會出現很多日常生活中經常使用的請求、勸誘、提議等表達。如果平時用到或者聽到這樣的話語，就將它們記下來吧。句型也一樣，不僅要看得懂，也要聽得懂。

試題中譯（注意事項）

語言知識（文字・語彙） 問題1

★ 選項中標示「×」時，指無此發音之詞彙（專有名詞除外），為混淆用選項。

★ 當選項中的假名一音多義時，只取一近義詞或任意擇一使用；此外，當選項恰巧符合某日語中鮮用的單一生僻詞彙時亦有列出。

語言知識（文字・語彙） 問題5

★ 中譯後標有「×」時，指因日文文法本身就不通，故翻譯後中文也會怪異。重點注意，有些錯誤選項中的中譯看起來雖然能通，但重點是在日文裡是不通的。

語言知識（文法）・讀解　問題1

★ 選項中標示「×」時，指該詞語以下幾種狀況：①無意義、②也許有意義但無法與題目構成文法、③無法使問題通順。

時間的分配

考試就像在和時間賽跑。在做模擬試題時也要好好計時。大致的時間分配請參照下表。

語言知識（文字、語彙）30分鐘

問題 問題	問題数 問題數	かける時間の目安 大題時間分配	1問あたりの時間 小題時間分配
問題1	9題	3分鐘	20秒
問題2	6題	2分鐘	20秒
問題3	10題	7分鐘	40秒
問題4	5題	4分鐘	40秒
問題5	5題	10分鐘	2分

語言知識（文法）・讀解　60分鐘

問題	問題數	大題時間分配	小題時間分配
問題1	15題	8分鐘	30秒
問題2	5題	5分鐘	1分鐘
問題3	5題	10分鐘	2分鐘
問題4	1題×4篇文章	16分鐘	短文1篇（1題）4分鐘
問題5	4題×1篇文章	8分鐘	中篇文章1篇（4題）8分鐘
問題6	2題×1篇文章	8分鐘	資訊情報1則（2題）8分鐘

聽解　35分鐘

第1回　解答・解説

解答・解說

ごうかくもし　かいとうようし

N4 げんごちしき (もじ・ごい)

第1回

じゅけんばんごう Examinee Registration Number		なまえ Name	

〈ちゅうい　Notes〉

1. **くろいえんぴつ (HB、No.2) でかいてください。**
   Use a black medium soft (HB or No.2) pencil.
   (ペンやボールペンではかかないでください。)
   (Do not use any kind of pen.)
2. **かきなおすときは、けしゴムできれいにけしてください。**
   Erase any unintended marks completely.
3. **きたなくしたり、おったりしないでください。**
   Do not soil or bend this sheet.
4. **マークれい** Marking Examples

よいれい Correct Example	わるいれい Incorrect Examples
●	⊗ ✓ ○ ◎ ⊜ ⦶ ●

もんだい1

1	①	②	●	④
2	●	②	③	④
3	①	●	③	④
4	●	②	③	④
5	●	②	③	④
6	①	②	●	④
7	①	②	●	④
8	●	②	③	④
9	①	②	●	④

もんだい2

10	①	●	③	④
11	①	②	●	④
12	●	②	③	④
13	①	●	③	④
14	①	②	●	④
15	①	②	●	④

もんだい3

16	①	②	③	●
17	●	②	③	④
18	①	●	③	④
19	①	②	③	●
20	①	●	③	④
21	①	②	●	④
22	①	②	③	●
23	①	●	③	④
24	●	②	③	④
25	①	②	●	④

もんだい4

26	①	●	③	④
27	①	②	●	④
28	●	②	③	④
29	①	②	●	④
30	●	②	③	④

もんだい5

31	①	②	③	●
32	①	②	③	●
33	●	②	③	④
34	●	②	③	④
35	①	②	③	●

ごうかくもし　かいとうようし

N4 げんごちしき（ぶんぽう）・どっかい

第1回

じゅけんばんごう Examinee Registration Number		なまえ Name	

〈ちゅうい　Notes〉

1. **くろいえんぴつ（HB、No.2）でかいてください。**
   Use a black medium soft (HB or No.2) pencil.
   （ペンやボールペンではかかないでください。）
   (Do not use any kind of pen.)
2. **かきなおすときは、けしゴムできれいにけしてください。**
   Erase any unintended marks completely.
3. **きたなくしたり、おったりしないでください。**
   Do not soil or bend this sheet.
4. **マークれい** Marking Examples

よいれい Correct Example	わるいれい Incorrect Examples
●	⊗ ✓ ○ ◎ ⊜ ⦶ ●

もんだい1

1	①	●	③	④
2	①	●	③	④
3	①	●	③	④
4	①	②	●	④
5	●	②	③	④
6	●	②	③	④
7	①	●	③	④
8	①	②	③	●
9	①	②	●	④
10	●	②	③	④
11	①	②	③	●
12	●	②	③	④
13	①	●	③	④
14	①	②	③	●
15	①	②	●	④

もんだい2

16	①	②	●	④
17	●	②	③	④
18	①	●	③	④
19	●	②	③	④
20	①	②	③	●

もんだい3

21	●	②	③	④
22	①	②	●	④
23	①	②	③	●
24	●	②	③	④
25	①	●	③	④

もんだい4

26	①	●	③	④
27	①	②	●	④
28	①	●	③	④
29	①	②	●	④

もんだい5

30	①	②	③	●
31	①	●	③	④
32	①	②	③	●
33	●	②	③	④

もんだい6

34	①	②	③	●
35	●	②	③	④

ごうかくもし　かいとうようし

N4 ちょうかい

第1回

じゅけんばんごう Examinee Registration Number		なまえ Name	

〈ちゅうい　Notes〉

1. **くろいえんぴつ（HB、No.2）でかいてください。**
   Use a black medium soft (HB or No.2) pencil.
   （ペンやボールペンではかかないでください。）
   (Do not use any kind of pen.)
2. **かきなおすときは、けしゴムできれいにけしてください。**
   Erase any unintended marks completely.
3. **きたなくしたり、おったりしないでください。**
   Do not soil or bend this sheet.
4. **マークれい** Marking Examples

よいれい Correct Example	わるいれい Incorrect Examples
●	⊗ ✓ ○ ◎ ◍ ◐ ●

もんだい1

れい	①	②	③	●
1	①	②	●	④
2	①	②	③	●
3	●	②	③	④
4	①	②	●	④
5	●	②	③	④
6	①	②	③	●
7	①	②	●	④
8	①	●	③	④

もんだい2

れい	①	②	③	●
1	①	②	③	●
2	①	②	●	④
3	①	②	●	④
4	●	②	③	④
5	①	●	③	④
6	①	●	③	④
7	●	②	③	④

もんだい3

れい	●	②	③
1	①	●	③
2	●	②	③
3	①	●	③
4	①	②	●
5	●	②	③

もんだい4

れい	●	②	③
1	●	②	③
2	①	●	③
3	①	②	●
4	●	②	③
5	①	②	●
6	①	②	●
7	①	●	③
8	●	②	③

第一回　得分表

		配分	答對題數	分數
文字	問題1	1分×9問題	／9	／9
	問題2	1分×6問題	／6	／6
	問題3	1分×10問題	／10	／10
	問題4	1分×5問題	／5	／5
	問題5	1分×5問題	／5	／5
文法	問題1	1分×15問題	／15	／15
	問題2	2分×5問題	／5	／10
	問題3	2分×5問題	／5	／10
讀解	問題4	5分×4問題	／4	／20
	問題5	5分×4問題	／4	／20
	問題6	5分×2問題	／2	／10
	合計	120分		／120

		配分	答對題數	分數
合計	問題1	3分×8問題	／8	／24
	問題2	2分×7問題	／7	／14
	問題3	3分×5問題	／5	／15
	問題4	1分×8問題	／8	／8
	合計	61分		／61

以60分滿分為基準計算得分吧。

□點÷61×60＝□點

※此評分表的分數分配是由ASK出版社編輯部對問題難度進行評估後獨自設定的。

語言知識（文字・語彙）

問題（もんだい）1

1 3 しなもの

品物（しなもの）：商品

2 1 にゅうがく

入学（にゅうがく）：入學

2 入国（にゅうこく）：入國、入境
3 入試（にゅうし）：入學考試
4 入院（にゅういん）：住院

3 2 かよって

通う（かよう）：來往、往返

3 向かう（むかう）：前往、朝著
4 通る（とおる）：通過

4 1 こうぎょう

工業（こうぎょう）：工業

5 1 しゅっぱつ

出発（しゅっぱつ）：出發

6 3 うんどう

運動（うんどう）：運動

7 3 しめて

閉める（しめる）：關、關閉

1 止める（とめる）：停、停止
2 決める（きめる）：決定
4 やめる：停止、放棄

8 1 みち

道（みち）：道路

2 橋（はし）：橋
3 家（いえ）：家
4 国（くに）：國家

9 3 えいが

映画（えいが）：電影

問題（もんだい）2

10 2 借ります

借りる（かりる）：借用

1 貸す（かす）：借出
4 持つ（もつ）：持、拿

11 3 音楽

音楽（おんがく）：音樂

12 1 待って

待つ（まつ）：等、等待

2 持つ（もつ）：持、拿

13 2 火事

火事（かじ）：火災

3 家事（かじ）：家務
4 事故（じこ）：事故

14 3 急いで

急ぐ（いそぐ）：加快、趕緊

15 3 気分

気分（きぶん）：心情

4 気持ち（きもち）：感覺、感受

問題3

16 4 ぬって

ぬる：塗、抹

1 する：做
2 濡れる：濕、濕潤
3 乗る：搭乘

17 1 ひさしぶりに

久しぶりに：隔了很久

2 将来：將來
3 これから：今後、從現在起
4 今度：這次、下次

18 2 みなと

港：港口

1 空港：機場
3 町：城鎮
4 駅：車站

19 4 しゅみ

趣味：愛好

1 習慣：習慣
2 興味：興趣
3 約束：約定
※趣味＝好きである（喜好）
興味＝関心を持つ（感興趣）

20 2 かたづけて

片付ける：收拾、整理

1 消す：抹去、消除
3 比べる：比、比較
4 並べる：擺、排列

21 3 おつり

おつり：找零、零錢

1 レシート：收據
2 お札：錢、紙幣
4 財布：錢包

22 4 まじめ

まじめ：認真

1 たいへん：很、非常
2 ぴったり：恰好
3 ゆっくり：慢

23 2 こわかった

怖い：害怕

1 うれしい：高興、愉快
3 さびしい：寂寞
4 はずかしい：羞恥、難堪

24 1 よやく

予約：預約

2 予報：預報
3 予想：預想、預測
4 予定：預定

25 3 やっと

やっと：終於

1 ちっとも…ない：一點也不…
2 確か：似乎
4 必ず：一定、必定

問題4

26 2 さいきん、家に　あまり　いません。

最近不常在家。

るす：不在家

家をるすにする＝家にいない（不在家）

3 呼ぶ：叫、叫來
4 遊ぶ：玩、玩耍

27 3 きょうの　テストは　やさしかったです。今天的考試很簡單。

簡単＝やさしい（簡單）

1 複雑：複雜

2 大変：很、非常

4 難しい：難

28 1 くるまが　こわれました。車子壞掉了。

故障：故障

壊れる：壞

2 汚れる：髒、變髒

3 動く：動、移動

4 止まる：停、停止

29 3 いま　たばこを　すって　いません。現在不吸菸了。

やめる：停止、放棄

たばこをやめる＝たばこを吸わない（不吸菸）

1 始める：開始

2 買う：買

30 1 よく　べんきょうします。常常念書。

一生懸命：拚命、努力

よく…する：經常…

2 あまり…しない：不怎麼…

3 少し…する：稍微…

4 ほとんど…しない：幾乎不…

問題5

31 4　なつやすみに　友だちと　はなびたいかいを　けんぶつしました。暑假跟朋友一起去觀賞煙火大會。

見物：觀賞

1 大学で経済を勉強しています。在大學學習經濟。

勉強：學習

2 昨日、工場を見学しました。昨天去參觀了工廠。

見学：參觀學習

32 4　日本には　兄が　いますから、あんしんです。日本有哥哥在，讓人放心。

安心：安心、放心

3 事故が起きてとても心配です。發生事故非常讓人擔心。

心配：擔心

33 1 やさいを　こまかく　きって　ください。請把蔬菜切成小塊。

細かい：細小、零碎

2 彼の家はとてもせまいです。他的家非常狹窄。

せまい：狹窄

3 そのえんぴつは細いですね。那隻鉛筆很細呢。

細い：細

4 私の兄はとても足が小さいです。我的哥哥腳非常小。

小さい：小

34 1 水に　ぬれて、かみが　やぶれました。紙沾到水破掉了。

破れる：破

2 台風で、木が倒れました。樹被颱風弄倒了。

倒れる：倒、倒下

3 コップが落ちて、割れました。杯子掉下來摔破了。

割れる：破碎

4 いすを投げたら、壊れました。椅子丟出去就壞掉了。

壊れる：壞

35 **4 ジョンさんを　サッカーに　さそいます。**邀請約翰先生踢足球。

誘（さそ）う：邀請

1 毎日（まいにち）1時間（じかん）、ゲームをします。遊戲每天只玩一小時。

する：做

2 春（はる）になると、さくらが咲（さ）きます。到春天櫻花就盛開了。

咲（さ）く：花開、綻放

3 雨（あめ）が降（ふ）ったら、傘（かさ）をさします。下雨了就撐雨傘。

さす：撐（傘）

語言知識（文法）・讀解

♦ 文法

問題1

1 2 で

名詞（名詞）＋で：表示材料、道具、方法、手段

例このカップはガラスでできています。[材料]　這個杯子是用玻璃做的。[材料]

えんぴつで名前を書きます。[道具]　用鉛筆寫名字。[道具]

アニメで日本語を勉強します。[方法]　靠動畫學習日文。[方法]

電車で学校に通っています。[手段]　利用電車往返學校。[手段]

2 2 なら

名詞（名詞）＋なら：提示主題。

例お茶なら、あたたかいのがおいしいです。　茶的話，溫的比較好喝。

3 2 のに

～のに：明明都…

例 30分も待っていたのに、まだ料理が来ていない。　明明等了有30分鐘，料理卻還沒有端上來。

4 3 行こう

～（よ）うと思っている＝～たいとずっと考えている

例夏休みに富士山にのぼろうと思っている。　想在暑假去爬富士山。

□旅行：旅遊

5 1 だけ

～だけ：只…

例コンビニでパンだけ買った。　在便利商店只買了麵包。

3 しか…ない：僅…

例晩ごはんはパンしか食べなかった。　晚餐除了麵包什麼都沒吃。

6 1 でも

名詞（名詞）＋でも：～（名詞）之類的。

例のどがかわいたので、ジュースでも飲みましょう。　口渴了，來喝點果汁什麼的吧。

7 2 はず

～はず：應該…

例あしたのパーティーに先生も行くはずです。　明天的派對老師應該也會去。

8 4 やさしそうな　看起來很溫柔

～そう：看上去…

※い形容詞要用［い形容詞＋い］的形式。

例おいしそう：看上去很好吃

さびしそう：看上去很寂寞

大変そう：看上去很費勁

9 3 やすい

～やすい：某個［動作］。可以容易執行。

例飲みやすい　容易喝

やりやすい　容易做

10 1 ねたほうがいい

～たほうがいい：最好…

例 ごはんをちゃんと食べたほうがいいよ。
好好按時吃飯比較好喔。

□風邪を引く：感冒

□くすりを飲む：吃藥、喝藥

11 4 飲まされたんです 被強迫喝下

「飲まされる」是「飲む（喝）」的［使役被動形］。

□顔色：臉色

12 1 なるといいです

～といい＝～たらいい
～就好了＝～的話就好了

例 今度の冬休みはお母さんに会えるといいですね。 下次寒假要是能見到媽媽就好了。
（＝今度の冬休みはお母さんに会えたらいいですね。）
（＝下次寒假能見到媽媽的話就好了。）

13 2 手伝ってくれて

～てくれる：為我做…

例 彼氏はケーキを作ってくれました。 男友為我做了蛋糕。

4 ～てあげる：為他人做…

例 彼女にケーキを作ってあげました。 我做了蛋糕給女友。

14 4 したり、したり

～たり～たりする（做～做～）：在幾個［行為］之中舉幾個例子。

例 あそこにいる人たちは食べたり飲んだりしています。 那邊的人正在吃吃喝喝。

15 3 読んでいません

まだ読んでいない＝いまの状態（當前的狀態）

まだ読まない＝いま読む意思がない（現在沒有看的意思）

問題2

16 3

電気を 2けさないで 4かぎを 3あけた 1まま 出かけてしまいました。
在電燈2沒關，而且4鎖3開著1的情況下出了門。

～たまま：表示狀態的持續。

17 1

あとですてるから、4ごみを 2あつめて 1おいて 3ください。
我等一下會拿去丟，4把垃圾2收集1先做好3請。

～ておく：為了某個目的，事前做什麼事。

18 2

家を 1出よう 4と 2した 3ときに、急に雨がふってきました。
正當我1出門4的2要3的時候突然就下起雨來了。

～（よ）うとしたときに：正要…的時候

19 1

はい、2弟も 4つれて 1いって 3いいですか。
好啊，2弟弟4帶著1去3可以嗎？

□連れていく：帶著去

20 4

わたしは父 2に 3お酒 1を 4やめて ほしいと思っています。
我希望父親2能3酒1把它4戒掉。

（人）に（もの）をやめてほしい：希望某人停止或放棄做某事

問題3

21 1 が

「好き（喜歡）」前面的助詞會是「が」。

例 私は日本のアニメが好きです。　我喜歡日本動畫。

22 3 作らなくなりました

あまり…ない：不怎麼…

～なる：表示［狀態的變化］。

23 4 だから

だから：所以

1 そんなに：那麼（表示程度、數量）
2 たとえば：比如
3 けれども：然而、但是

24 1 作れるようになりました

～ようになる：表示［變化］。

難しかった→ケーキを作る練習をした→おいしいケーキが作れた
做蛋糕很難→去練習做蛋糕→會做好吃的蛋糕

25 2 と

～と、…：～的時候總是會…

例 おばあさんの家に行くと、おいしい料理が食べられる。　去奶奶家，總是會能吃到好吃的料理。

◆ 讀解

問題4

(1) 26 2

想去夏日祭典的人請在7月15號的14點，搭乘電車之類的交通工具抵達車站後再去公園。

~たのしい夏まつり~

日時：7月15日（土）

15時～20時

場所：あおば公園

夏まつりに行く人は、14時に駅に集まってください。公園に自転車をおく場所がありませんから、電車などを使ってください。

雨がふったら、夏まつりは7月22日（土）になります。

あおば日本語学校

7月1日

~愉快的夏日祭典~

日期：7月15號（六）

15點～20點

地點：青葉公園

要去夏日祭典的人，請於14點到車站集合。

由於公園沒有地方可以放腳踏車，所以請搭電車之類的交通工具。

如果下雨，夏日祭典就改到7月22號（六）。

青葉日本語學校

7月1號

熟記單字及表現

□集まる：集合

(2) 27 3

私の家はいなかにあります。1**デパートや映画館がある町まで、車で2時間くらいかかりますし**、2**おしゃれなお店やレストランもあまりありません**。だから、子どものとき、私はいなかが好きではありませんでした。でも、大人になって、3**このいなかが少しずつ好きになってきました。いなかにはいいところがたくさんあることに気がついたからです**。4**いなかは町ほど便利じゃないですが**、静かだし、水や野菜もとてもおいしいです。私はいなかが大好きです。

1 離有百貨公司跟電影院的城市很遠，所以小時候不喜歡鄉下

2 沒有什麼時髦商店或餐廳

3 ○

4 城市比較方便

第1回 文字・語彙 文法 讀解 聽解 試題中譯

我的家在鄉下。1 **距離有百貨公司跟電影院的城市，大約有兩個小時的車程**，2 **也沒有時髦商店或餐廳**。所以我小時候不喜歡這個鄉下小鎮。但是長大之後 3 **我漸漸地喜歡上這個鄉下。因為我發現鄉下有很多的優點**。4 **鄉下雖然沒有城市那麼方便**，卻很安靜，水跟蔬菜也很美味。我最喜歡鄉下了。

熟記單字及表現

□いなか：鄉下、農村
□おしゃれ（な）：時髦的、時尚的
□（に）気がつく／気づく：注意到、意識到

(3) 28 2

図書館を利用される方へ

- 1 **読み終わった本は、受付に渡してください。**
- 机やいすを使ったら、必ず片付けてください。2 **ゴミは持って帰ってください。**
- 本をコピーするときは、3 **受付に言ってから、コピーをしてください。**
- 図書館の中で、4 **次のことをしないでください。**
  - ・食べたり飲んだりすること
  - ・4 **写真を撮ること**

給使用圖書館的人

1 **看完的書請交給櫃檯**。
用過的桌子跟椅子，請務必要整理乾淨。2 **垃圾請自行帶走**。
要影印書本時，3 **請先告知櫃檯後再影印**。
在圖書館裡 4 **請不要有以下行為**。
・進食或是飲水
・4 **拍照**

1　書看完之後要交給櫃檯
2　○
3　跟櫃檯講過後就能影印
4　不可以拍照

熟記單字及表現

□読み終わる：閱讀完畢
□渡す：交給
□片付ける：收拾、整理

(4) 29 3

キムさん

こんにちは。

1**今、キムさんは韓国にいると聞きました。**2**私は23日から27日まで、韓国に行こうと思っています。**もし、キムさんの都合がよかったら、夜に一緒に食事でもしませんか。3**キムさんが食事に行ける日を教えてくれたら、**4**私がレストランを予約しておきます。**韓国でキムさんに会えるのを、とても楽しみにしています。

田中

金先生

您好。

1 **我聽說金先生現在人在韓國**。2 **我想在 23 號到 27 號期間去韓國**。如果金先生行程方便的話，要不要一起吃晚餐呢？3 **若可以告訴我金先生能夠一起用餐的日子**，4 **我會事先預約好餐廳**。我非常期待在韓國跟金先生見面。

田中

1　田中先生知道金先生在韓國

2　要去韓國的是田中先生

3　○

4　是田中先生要預約餐廳

★熟記單字及表現

□都合がいい：方便　　□予約：預約

問題5

30 4　31 2　32 4　33 1

私は2年前に日本に来ました。日本は、コンビニやスーパーがたくさんあって便利だし、とても生活しやすい国だと思いました。

でも、①**残念なこと**があります。それは、ゴミがとても多いことです。町の中を歩いていると、ゴミはほとんどなくて、どこもきれいですが、30**日本で生活していると、たくさんゴミが出ます。**例えば、おかしを買ったとき、おかしの箱を開けたら、32**おかしが一つひとつビニールの袋に入っていました。**一つおかしを食べると、ゴミが一つ増えてしまいます。この前、スーパーでトマトを買ったら、32**プラスチックの入れ物にトマトがおいてあって、ビニールでつつんでありました。**家に帰って、料理をすると、31**プラスチックの入れ物も、ビニールも、全部ゴミになります。**だから、②**私の家のゴミ箱はすぐにプラスチックのゴミでいっぱいになってしまいます。**

30　在日本生活就會製造很多垃圾→覺得很可惜

32　用塑膠袋或塑膠盒包裝食物→零食或是番茄的外觀變漂亮，生活很方便

31　食物被塑膠盒或塑膠袋給包著→塑膠盒跟塑膠袋的垃圾變多

33　不使用塑膠盒、塑膠袋→垃圾會減少

③確かに**そうする**と、おかしやトマトはきれいだし、1人で生活する人に便利です。でも、私はおかしやトマトを一つひとつビニールの袋に入れたり、プラスチックの入れ物に入れたりする必要はないと思います。プラスチックやビニールの袋を使わなかったら、(　　　)。

我在兩年前來到日本。日本有很多便利商店跟超市，很方便，我覺得是生活非常便利的國家。

不過①**有件事我覺得很可惜**。那就是垃圾非常多。雖然走在街上幾乎看不到垃圾，到處都很乾淨，**30 但是在日本生活會製造非常多的垃圾**。舉例來說，當我買了零食，打開包裝盒後裡面的 **32 零食一個個都裝在塑膠袋裡**。所以每吃一個零食就會多製造一個垃圾。不久前去超市買了番茄，**32 番茄是裝在塑膠盒裡面，還用塑膠袋包起來**。等我回到家開始煮飯，**31 塑膠盒跟塑膠袋就全都變垃圾**。所以②**我家的垃圾桶很快就被塑膠垃圾給塞滿**。

③**這麼做**的確讓零食跟番茄看起來很漂亮，對一個人生活的人來說很方便。但是我認為不需要把零食或番茄一個個都裝進塑膠袋、塑膠盒裡面。只要不用塑膠製品或塑膠袋的話（　）。

熟記單字及表現

□残念：遺憾、可惜
□ビニール：塑膠
□プラスチック：塑膠
□入れ物：容器
□つつむ：包、裹
□いっぱい：滿滿的、很多
□確かに：確實、的確
□必要：必要

問題6

34 4　　**35** 1

わくわくカルチャーセンター

5月は、6つの教室があります。

先生がやさしく教えてくれるので、初めての人も心配しないでください。

☆5月のスケジュール

	料金※1	場所	持ち物	時間
①バスケットボール※2	無料	体育館	飲み物 タオル	月曜日 **34 18:00 ～ 19:30** 金曜日 **34 19:00 ～ 20:30**
②水泳	500円	プール	水着・タオル 水泳帽子	木曜日 10:00 ～ 11:00 17:00 ～ 18:00
③茶道	100円	和室	なし	火曜日 10:00 ～ 11:30
④パン作り	300円	調理室	エプロン タオル	**34 土曜日** 10:00 ～ 12:00
⑤ピアノ	100円	教室1	なし	木曜日 17:00 ～ 18:00
⑥ギター	無料	教室2	なし	水曜日 10:00 ～ 12:00 14:00 ～ 15:00

※1　料金はそれぞれの教室の先生に払ってください。

※2　**35 バスケットボールをしたあとは、必ず体育館をそうじしてください**。

わくわくカルチャーセンターに初めて参加する人は、受付で名前と電話番号を書いてください。

教室を休むときは、下の電話番号に電話してください。

わくわくカルチャーセンター

電話：0121-000-0000

34　18點開始的課是①籃球教室，禮拜六有開的課是④烘焙教室

35　上完籃球課後必須打掃體育館才行

興奮文化中心

5 月有開設六個教室。
老師會親切地進行教學，是初學者也不用擔心。
☆ 5 月的行程表

	費用 ※1	地點	自備物品	時間
①籃球 ※2	免費	體育館	飲料 毛巾	禮拜一 **34** <u>18:00 ～ 19:30</u> 禮拜五 **34** <u>19:00 ～ 20:30</u>
②游泳	500 日圓	游泳池	泳衣、毛巾 泳帽	禮拜四 10:00 ～ 11:00 17:00 ～ 18:00
③茶道	100 日圓	和室	無	禮拜二 10:00 ～ 11:30
④烘焙	300 日圓	烹調室	圍裙 毛巾	**34** <u>**禮拜六**</u> 10:00 ～ 12:00
⑤鋼琴	100 日圓	教室 1	無	禮拜四 17:00 ～ 18:00
⑥吉他	免費	教室 2	無	禮拜三 10:00 ～ 12:00 14:00 ～ 15:00

※1　費用請付給各教室的老師。
※2　**35** <u>**上完籃球課後請務必打掃體育館**</u>。

第一次參加興奮文化中心的人，請至櫃檯填寫姓名跟連絡電話。
要跟課程請假時請打以下電話。

興奮文化中心
電話：0121-000-0000

□料金（りょうきん）：費用
□払う（はら）：支付
□参加（さんか）〈する〉：參加

聴解

問題1

例　4

N4_1_03

女の人と男の人が電話で話しています。女の人はこのあとまず何をしますか。

F：もしもし。今、駅前の郵便局の前にいるんだけど、ここからどうやって行けばいいかな？

M：郵便局か。そこから大きな茶色いビルは見える？

F：うん、見えるよ。

M：信号を渡って、そのビルの方へ歩いてきて。ビルの横の道を２分くらい歩くとコンビニがあるから、その前で待っていて。そこまで迎えに行くよ。

F：うん、わかった。ありがとう。

M：うん、じゃあまたあとで。

女の人はこのあとまず何をしますか。

女性跟男性在講電話。女性等一下第一件事要做什麼？

女：喂。我現在人在車站前的郵局前面，接下來我該怎麼走？
男：郵局啊。從那裡看得到一棟茶色大樓嗎？
女：嗯，看得到喔。
男：過馬路朝著那棟大樓走過來。然後走大樓旁邊的路走個兩分鐘有間超商，在超商前等我。我走到那裡接妳。
女：嗯，我知道了。謝謝。
男：好，那麼待會兒見。

女性等一下第一件事要做什麼？

第1題　3

N4_1_04

会社(かいしゃ)で男(おとこ)の人(ひと)と女(おんな)の人(ひと)が話(はな)しています。男(おとこ)の人(ひと)は、カメラをどうしますか。

M：田中(たなか)さん、このカメラ使(つか)う？　ぼくはもう使(つか)い終(お)わったから、どうぞ。

F：あ、実(じつ)は、別(べつ)のカメラを貸(か)してもらったから、大丈夫(だいじょうぶ)です。ありがとうございます。

M：そうなんだ。じゃあ、どこにしまえばいいかな。棚(たな)に置(お)いておけばいい？

F：棚(たな)の上(うえ)に箱(はこ)があるので、その箱(はこ)に入(い)れていただけますか。

M：うん、わかった。

F：あ、**そういえば、さっき、山田(やまだ)さんがカメラを使(つか)いたいって言(い)っていましたよ**。

M：そうなんだ。

F：**今日(きょう)の午後(ごご)に写真(しゃしん)を撮(と)ると言(い)っていたから、すぐ渡(わた)したほうがいいと思(おも)います**。

M：うん、わかった。

男(おとこ)の人(ひと)は、カメラをどうしますか。

男性跟女性在公司講話。男性要怎麼處理相機？

男：田中小姐，妳要用這個相機嗎？我已經用好了，請用。
女：啊，其實我有借另一台相機，所以不用了。謝謝。
男：這樣啊。那麼這個要收在哪裡啊。放在架子上就好了嗎？
女：架子上有箱子，請把相機收進箱子裡。
男：嗯，我知道了。
女：啊，**說起來剛才山田說想要用相機喔**。
男：是這樣啊。
女：**他說今天下午想要拍照，趕快把相機交給他比較好**。
男：嗯，我知道了。

男性要怎麼處理相機？

因為山田下午想要用相機，所以把相機交給山田。

～たほうがいい（～比較好）：在表示［建議或意見］時使用。

熟記單字及表現

□しまう：收起來
□棚(たな)：架子
□そういえば：那麼一說

□すぐ：立刻、馬上
□渡す：交給

第2題　4

N4_1_05

スーパーで男の人が女の人に電話しています。男の人は何を買って帰りますか。

M：今スーパーにいるんだけど、何かいる？

F：そうだな、ア**アイスクリームが食べたいな**。

M：わかった。あ、牛乳が安くなってるよ。

F：イ**昨日買っちゃったから、いらないよ**。あ、そうだ、おいしそうな魚、ある？

M：残念ながら、ウ**魚は全部売れちゃって、置いていないよ**。朝ごはんに食べるパンはいる？

F：そうね、エ**今朝全部食べちゃったから、お願い**。

M：わかった。

男の人は何を買って帰りますか。

男性在超市跟女性講電話。男性要買什麼回去？

男：我現在人在超市，需要買什麼嗎？
女：我想想，ア**我想吃冰淇淋**。
男：知道了。啊，牛奶變便宜了喔。
女：イ**昨天已經買過了，不用喔**。啊，對了，有沒有看起來好吃的魚？
男：很可惜，ウ**魚全都賣光，已經沒有了**。要買早餐吃的麵包嗎？
女：也好，エ**今天早上把麵包吃完了，拜託你了**。
男：我知道了。

男性要買什麼回去？

ア　冰淇淋：因為女想吃所以會買

イ　牛奶：昨天買了

ウ　魚：全部賣光了

エ　麵包：因為全都吃完了所以會買

熟記單字及表現

□いる：需要
□残念ながら：很遺憾
□全部売れちゃった：都賣光了
□全部食べちゃった：都吃光了

第3題　1

N4_1_06

大学で、先生が話しています。レポートはどうやって出さなければなりませんか。

M：この授業のレポートの締め切りは今月の25日です。20日から25日まで、1**私の研究室の前に箱を置いておくので、その箱に入れてください**。最近、2**メールでレポートを送る人がいますが、その場合、レポートは受け取りません**。また、レポートをなくしてしまうかもしれないので、3**私に直接渡すのもやめてください**。25日をすぎたら、研究室の前の箱を片付けます。4**締め切りをすぎたら、私に相談しても、絶対に受け取りません**から、その時はあきらめてください。

レポートはどうやって出さなければなりませんか。

一位老師在大學講話。報告必須要用什麼方式交出去才行？

男：這堂課的報告的繳交期限是這個月的 25 號。從 20 號開始到 25 號，1 **我的研究室前面會放一個箱子，報告請放進那個箱子裡**。最近會 2 **有人用寄電子郵件的方式來交報告，但是用這個方式的話我不會收報告**。另外報告 3 **也請不要直接交給我**，因為有可能會遺失。過了 25 號，研究室前面的箱子就會收起來。4 **期限過了就算找我商量，我也絕對不會收報告**，到時候請各位放棄。

報告要用什麼方式交出去才行？

1　○

2　不可以用電子郵件寄過去

3　不可以直接交給老師

4　過了期限，去跟老師商量老師也不會收報告

熟記單字及表現

- □レポート：報告
- □締め切り：截止期限
- □場合：情況
- □受け取る：接受
- □直接：直接
- □渡す：交給
- □やめる：停止、放棄
- □すぎる：過
- □片付ける：收拾
- □相談〈する〉：商量
- □絶対に：絕對
- □あきらめる：放棄

第4題　3

N4_1_07

学校で男の人と女の人が話しています。男の人は、このあと何をしますか。

M：あ、佐藤さん。もう帰るの？

F：図書館に本を返したら帰ろうと思ってるんだ。

M：そうなんだ。今から駅前の喫茶店に行くんだけど、1 **一緒に行かない？**

F：え、あそこの喫茶店？　1 **ずっと行きたいと思ってた。**

M：1 **よかった。じゃあ、行こう。**

F：うん、先に図書館に本を返しに行ってくるから、3 **この教室で待ってて。**

M：2 **一緒に図書館に行こうか**？

F：2 **ううん、すぐ終わるから、大丈夫**。

M：わかった。

男の人は、このあと何をしますか。

男性跟女性在學校講話。男性等一下要做什麼？

男：啊，佐藤小姐。要回去了嗎？
女：去圖書館還完書後就回去。
男：這樣啊。我現在要去車站前的喫茶店，1 **要一起去嗎？**
女：咦，那裡的喫茶店？ 1 **我一直想要去**。
男：1 **太好了。那走吧**。
女：嗯，我先去圖書館還書，3 **你先在這間教室等我**。
男：2 **我跟妳一起去圖書館吧**？
女：2 **不用，馬上就好，沒問題**。
男：我知道了。

男性等一下要做什麼？

1　跟女性一起去喫茶店

1　跟女性一起去喫茶店

3　○

2　女性自己一個人去圖書館還書

4　沒有講到「看書」這件事

熟記單字及表現

□ずっと：一直
□先に：先、首先

第5題　1

N4_1_08

電話で男の人と女の人が話しています。男の人は、このあとまず何をしますか。

M：もしもし、佐藤さん。今どこ？

F：今、駅に着いたところだよ。

M：そうか。実は電車に乗り遅れちゃって、バスで行くことにしたんだ。

F：そうなんだ。あとどのくらいかかるの？

M：うーん、そうだなあ…次のバスが10分後に来るから、そのバスに乗って…。

F：**ここまでバスで何分かかるか、バスに乗る前にちゃんと調べてみてよ**。わかったらまた電話して。

M：うん、わかった。

F：それまで本屋で待ってるよ。

M：うん、ごめんね。

男の人は、このあとまず何をしますか。

男性跟女性在講電話。男性等一下第一件事要做什麼？

男：喂，佐藤小姐。妳現在在哪？
女：我才剛到車站。
男：這樣啊。其實我沒趕上電車所以改搭公車過去了。
女：是這樣啊。還要多久才會到？
男：嗯～這個嘛…下一班公車 10 分鐘後才會來，等我搭那輛公車…。
女：**搭公車到這裡要花幾分鐘，搭之前要先查清楚啊。**知道了再打給我。
男：嗯，我知道了。
女：你到之前我在書店等你。
男：嗯，抱歉。

男性等一下第一件事要做什麼？

搭公車前，先查清楚會花多少時間。

熟記單字及表現

□乗り遅れる：沒趕上（電車、巴士等）
□かかる：耗費（時間、金錢）
□調べる：查

第6題　4

N4_1_09

お店の人と男の人が電話で話しています。男の人は、いつお店に行きますか。

F：お電話ありがとうございます。「日本料理　さくら」です。

M：あのー、1**今日7時に予約していた田中と申します。すみません、日にちを変えたいんですが**、明日の6時は空いてますか。

F：少々お待ちください。…申し訳ありません、2**明日の6時はもう予約がいっぱいなので…**。

M：そうですか。8時はどうですか。

F：3 **8時ですね。6名様分のお席ならご用意できますが**。

M：3**うーん、8人なんです**。

F：でしたら、4**あさっての6時はいかがでしょうか。8名様分のお席をご用意できます**。

M：あ、4**じゃあその日にお願いします**。

F：かしこまりました。

男の人は、いつお店に行きますか。

男性跟店員在講電話。男性什麼時候要去店裡？

女：感謝您的來店。這裡是「日本料理店櫻花」。
男：那個～ 1 **我是預約今天 7 點用餐的田中。不好意思，我想要改日期**，明天 6 點還有空位嗎？
女：請稍等一下。…非常不好意思，2 **明天 6 點的位子已經都有預約了…**。
男：這樣啊。那麼 8 點可以嗎。
女：3 **預約 8 點嗎。可以幫您準備 6 個人的座位**。
男：3 **嗯～我們有 8 個人**。
女：那麼 4 **請問後天 6 點如何呢。可以幫您準備好 8 個人的座位**。
男：啊，4 **那麻煩幫我改成後天**。
女：我明白了。

男性什麼時候要去店裡？

1　本來預約今天7點，現在要改日期

2　明天6點的預約已經滿了

3　明天8點沒有8個人的座位

4　○

熟記單字及表現

□予約〈する〉：預約
□変える：改變、變更
□いっぱい：滿滿的
□席：席位、座位
□日にち：日期
□空く：空、有座位
□～名様分：…人份
□用意〈する〉：準備

第7題　3

N4_1_10

会社で男の人と女の人が話しています。女の人はこれから何をしなければなりませんか。

M：会議お疲れさま。会議室の掃除、お願いできるかな？

F：はい。1**もう机といすは片付けてしまいましたから**、あとはゴミを捨てるだけです。

M：ありがとう。2**ぼくがゴミを捨てに行くから**、3**加藤さんはあそこのコップを洗っておいてくれる？**

F：はい。あ、会議室のカギは閉めておいたほうがいいでしょうか。

M：4**会議室はまだ使う人がいるみたいだから、そのままでいいと思うよ。**

F：そうなんですか。知らなかったから、机といすを片付けてしまいました。

M：いいよ、いいよ。気にしないで。じゃあ、よろしく。

女の人はこれから何をしなければなりませんか。

男性跟女性在公司講話。女性接下來必須做什麼事？

男：開會辛苦了。可以麻煩妳打掃會議室嗎？
女：好的。1 **桌子跟椅子已經收起來了**，只剩下把垃圾拿去丟。
男：謝謝。2 **垃圾我拿去丟就好**，3 **加藤小姐可以幫忙洗那邊的杯子嗎**？
女：好的。啊，會議室的門先鎖起來比較好嗎？
男：4 **好像還有人要用會議室，所以門不用上鎖**。
女：這樣啊。我不知道就先把桌子跟椅子收起來了。
男：沒關係、沒關係。不用在意。那麼拜託妳了。

女性接下來必須做什麼事？

1　桌子跟椅子已經收好了

2　男性負責去倒垃圾

3　○

4　會議室的門不用上鎖

熟記單字及表現

□片付ける：收拾、整理
□捨てる：扔
□カギ：鎖
□そのまま：照原樣
□気にする：介意、擔心

第8題　2

N4_1_11

女の人と男の人が話しています。男の人はゴミをどうしますか。

F：すみません、ゴミのことなんですが…。

M：えっ？　ゴミ？　今日は月曜日だからプラスチックのゴミを出す日ですよね？

F：今日は月曜日ですが、休みなのでゴミを集めないんです。**だからプラスチックのゴミは明日出さなきゃいけないんですよ。**

M：あ、すみません。間違えてしまって…。

F：**ゴミ捨て場に置いたままにしないでくださいね。**猫やカラスが来て、汚しちゃうんです。

M：はい。すみません。

F：気をつけてくださいね。

男の人はゴミをどうしますか。

女性跟男性在講話。男性要怎麼處理垃圾？

女：不好意思，你的垃圾…。
男：咦？垃圾？今天是禮拜一所以是丟塑膠垃圾的日子吧？
女：今天雖然是禮拜一，但是業者休息不能收垃圾。**所以塑膠垃圾必須明天拿出來丟。**
男：啊，不好意思。我搞錯了…。
女：**拜託不要丟在垃圾場不管喔。**會引來貓跟烏鴉把垃圾場弄髒。
男：好的。不好意思。
女：請你多注意一點。

男性要怎麼處理垃圾？

禮拜二要倒垃圾。

必須把垃圾帶回家。

置いたままにする：置之不理

★熟記單字及表現

□プラスチック：塑膠
□ゴミを出す：扔垃圾
□集める：收集、集中
□間違える：弄錯
□ゴミ捨て場：垃圾場
□カラス：烏鴉
□汚す：弄髒
□気をつける：注意、小心

例 4

N4_1_13

女の人と男の人が話しています。女の人は、結婚式で何を着ますか。

F：明日の友だちの結婚式、楽しみだな。

M：そうだね。何を着るか決めたの？

F：本当は着物を着たいんだけど、一人じゃ着られないし、動きにくいんだよね。

M：そうだね。

F：それで、このピンクのドレスにしようと思ってるんだけど、どうかな。

M：うーん、これだけだと寒いと思うよ。

F：そうかな。じゃあ、この黒いドレスはどう？　これは寒くないよね。

M：そうだけど、短すぎない？

F：そう？　短いほうがおしゃれでしょう。決めた。これにする。

女の人は、結婚式で何を着ますか。

女性跟男性在講話。女性要穿什麼參加婚禮？

女：真期待明天朋友的婚禮呢。
男：是啊。妳決定好要穿什麼了嗎？
女：其實我很想穿和服的，但是一個人穿不了，而且很難行動呢。
男：是啊。
女：所以我想說穿粉紅色的禮服，你覺得呢。
男：嗯～我覺得只穿那件會冷喔。
女：這樣啊。那這件黑色的呢？這件就不會冷了。
男：是沒錯，但不會太短了嗎？
女：是嗎？短一點比較時髦吧。決定了。就穿這件。

女性要穿什麼去婚禮？

第1題　4

N4_1_14

学校で先生と男の子が話しています。男の子はどうして遅刻してしまいましたか。

F：田中くん、また今日も遅刻ですよ。

M：すみません、先生。

F：どうしたの？　朝早く起きられないの？

M：いいえ、毎日９時に寝て、６時に起きています。

F：じゃあ、学校に間に合うじゃない。もしかして、朝からテレビを見たりしてるんじゃない？

M：してません。**実は犬を飼い始めていて、毎朝散歩に行くんです**。すごく楽しくて、つい時間を忘れちゃって…。

F：そうだったの。でも、時間は守らなくてはだめだよ。

男の子はどうして遅刻してしまいましたか。

老師跟男生在學校講話。男生為什麼會遲到？

女：田中，你今天又遲到了。
男：老師，對不起。
女：怎麼了嗎？早上沒辦法早起嗎？
男：不，我每天９點睡覺，6 點就起來了。
女：那應該來得及到學校才對。該不會早上在看電視吧？
男：沒有看電視。**其實是我開始養狗，每天早上都帶牠去散步**。因為很開心所以不小心就忘了時間…。
女：原來是這樣。但是不遵守時間不行喔。

男生為什麼會遲到？

「～んです」是「～のです」的口語。在表達「自己的情況或理由」的時候使用。

熟記單字及表現

□遅刻：遲到
□間に合う：趕得上、來得及
□実は：其實
□飼う：養、飼養
□つい：不知不覺地
□時間を忘れる：忘了時間
□守る：遵守

第2題　3

N4_1_15

学校で男の人と女の人が話しています。男の人はいつごはんを食べに行きますか。

M：あー、お腹すいた。

F：中山くん、まだごはん食べてないの？　私、たった今ごはん食べてきたところだよ。誘えばよかったね。

M：レポートが終わったら、食べに行こうと思ってたんだ。レポートは書き終わったから、今からごはん、食べに行こうかな。

F：今どのお店も混んでると思うよ。もう少ししてから食べに行ったほうがいいんじゃない？

M：**もうお腹ペコペコだよ。やっぱり、行ってくる。**

男の人はいつごはんを食べに行きますか。

男性跟女性在學校講話。男性什麼時候要去吃飯？

男：啊～肚子餓了。
女：中山，你還沒吃飯嗎？我現在剛好吃完呢。早知道就邀你了。
男：我想說等報告完成就去吃。既然報告完成了，我現在去吃飯吧。
女：現在不論哪家店人都很多喔。稍微等一下再去吃比較好吧？
男：**肚子已經餓扁了。我還是要現在去吃**。

男性什麼時候要去吃飯？

お腹ペコペコ＝とてもお腹がすいている（肚子非常餓）

所以不是等一下再去，而是現在就去吃飯。

「行ってくる（去去就回）」的意思雖然是「行って帰ってくる（去了再回來）」，但是不太強調「帰る（回來）」的意思。

熟記單字及表現

□たった今：剛剛
□誘う：邀請
□レポート：報告
□混む：擁擠、混雜
□やっぱり：果然

第3題　3

N4_1_16

家でお母さんと男の子が話しています。男の子はどうして学校に行きたくないと言っていますか。

F：おはよう。なんだか元気がないじゃない。お腹でも痛いの？

M：そんなんじゃないよ。

F：あ、もしかして今日テストを受けるのがいやだから？

M：ちゃんと勉強したから大丈夫。それより、**見てよ、この髪。お母さんが昨日、短く切りすぎたから、変な髪型になっちゃったじゃないか！**

F：えー、すごく似合ってるよ。

M：お母さん、風邪を引いたから、学校を休みますって連絡してくれない？

F：何言ってるの。早く学校に行きなさい。

男の子はどうして学校に行きたくないと言っていますか。

媽媽跟男生在家裡講話。男生為什麼說不想去學校？

女：早安。你看起來沒什麼精神呢。肚子痛嗎？
男：才不是那樣啦。
女：啊，該不會是因為今天不想去考試吧？
男：我有認真念書，沒問題。比起這個，**妳看啦，這個髮型。昨天媽媽幫我剪太短了，髮型變得很奇怪耶！**
女：咦～這個髮型很好看啊。
男：媽媽，可以跟學校說我感冒了，幫我請假嗎？
女：你在說什麼啊。快點去學校。

男生為什麼說不想去學校？

男生不喜歡新的髮型，所以不想去學校。

「因為感冒」是用來當跟學校請假的理由的謊言。

熟記單字及表現

□テストを受ける：參加考試
□髪：頭髮
□切りすぎる：剪過頭了
□変（な）：奇怪的
□髪型：髮型
□似合う：合適、相稱
□連絡〈する〉：聯繫

第4題　1

N4_1_17

図書館で、図書館の人が話しています。図書館では、何をしてはいけませんか。

M：今から図書館の使い方についてお話しします。図書館はみんなが本を読んだり、勉強したりする場所ですから、**話すときは、小さい声で話してください**。本をコピーしたいときは、1階のコピー機を使ってください。このコピー機では、カラーコピーはできません。パソコンが使いたいときは、初めに受付でパスワードを教えてもらえば、だれでも使うことができます。飲み物は、ペットボトルに入っているものはいいですが、それ以外はだめです。

図書館では、何をしてはいけませんか。

請小聲講話＝不可以大聲講話

圖書館的員工在圖書館講話。在圖書館不可以做什麼事？

男：現在開始說明圖書館的使用方式。圖書館是大家看書、用功的地方，**所以講話時請小聲講**。想要影印書本的時候請用 1 樓的影印機。這台影印機沒辦法做彩色列印。想使用電腦的時候只要先去櫃台請教密碼，不管是誰都可以使用。飲料只要是裝在寶特瓶的就能帶進來，除此之外的不行。

在圖書館不可以做什麼事？

熟記單字及表現

□コピー機：影印機
□カラーコピー：彩色列印
□パスワード：密碼
□教える：告知
□ペットボトル：寶特瓶
□以外：以外

第5題　2

N4_1_18

大学で女の人と男の人が話しています。男の人は大学を卒業したら、どうしますか。

F：もう４年生だけど、なかなかいい会社が見つからなくて…。

M：林さんは大学を卒業したら、仕事をするの？

F：そうだよ。ほかの友だちもみんな会社に入るために試験を受けてるよ。佐藤くんはどうするの？

M：ぼくは**もう一度学校に行って、勉強するつもりだよ**。

F：じゃあ、大学院に行くってこと？

M：ううん。**料理の学校に行くつもりなんだ**。その学校を卒業したら、海外に行ってもっと勉強しようと思ってる。将来自分のお店を開きたいと思っているからね。

F：すごいね。がんばって。

男の人は大学を卒業したら、どうしますか。

～つもり：打算

女性跟男性在大學講話。男性大學畢業後要做什麼？

女：都大學４年級了，卻還找不到好公司…。
男：林同學大學畢業後就要去工作了嗎？
女：是啊。其他朋友為了進公司就職全都去參加考試了。佐藤同學要做什麼？
男：我**打算再到學校去學習**。
女：那麼你要去念研究所？
男：不是。**我打算進烹飪學校**。等到從那間學校畢業，我想去國外做更多磨練。然後將來想開一間自己的店。
女：好厲害。你要加油喔。

男性大學畢業後要做什麼？

□卒業〈する〉：畢業
□見つかる：找到
□試験を受ける：參加考試
□大学院：研究所
□お店を開く：開店

第6題　2

N4_1_19

会社で男の人と女の人が話しています。会議はいつになりましたか。

M：加藤さん、明日の会議は3時からだったよね？

F：はい、そうです。

M：実は、会議の前に、お客様の会社に行かなければならなくなったから、会議が始まる時間を4時にしてほしいんだ。

F：そうですね…。**1時間遅くすると、会議室が使えないんです。30分遅くしたら、会議室は予約できます**が…。

3點的會議往後延30分鐘開始。

M：30分か…。

F：別の日に変えましょうか。

M：いや、大丈夫だ。じゃあ、会議室の予約をお願い。

会議はいつになりましたか。

男性跟女性在公司講話。會議改成幾點了？

男：加藤小姐，明天的會議是 3 點開始對吧？
女：是的，沒錯。
男：其實開會前我必須去客戶的公司一趟才行，所以希望把會議開始的時間改成 4 點。
女：我想想…。**要是晚 1 小時就不能使用會議室了。如果晚 30 分鐘就可以預約會議室…**。
男：30 分鐘嗎…。
女：改成別的日子吧。
男：不，沒問題的。那麼麻煩妳預約會議室。

會議改成幾點了？

熟記單字及表現

□～てほしい：希望某人…
□遅くする：推遲、延遲
□予約：預約
□別：另外
□変える：改變、變更

第7題　1

🔊 N4_1_20

女の子とお父さんが話しています。女の子はどのシャツに決めましたか。

F：ねえ、お父さん。あのシャツ買ってよ。あのシャツ。

M：**花の絵が描いてあるやつ**？

F：違うよ、そのとなりにあるのだよ。

M：この猫の絵が描いてあるシャツ？

F：うん、それだよ。

M：でも、小さいサイズしかないよ。こっちの猫とリボンのシャツならちょうどいいサイズのがあるけど。

F：すごくかわいいんだけど、似ているのがあるから…。

M：**お父さんは最初のシャツがかわいいと思うけど**。

F：そっか、じゃあそれにする。

女の子はどのシャツに決めましたか。

女生跟父親在講話。女生決定要買哪一件 T 恤？

女：哎，爸爸。買那件 T 恤嘛。那件 T 恤。
男：**有花的圖案的那件**？
女：不是啦，是旁邊那件。
男：這個有貓咪圖案的 T 恤？
女：嗯，就是那件。
男：可是這件尺寸只有小號喔。這邊的貓和緞帶的 T 恤的話就有剛好的尺寸。
女：那件是很可愛，但我已經有一件類似的了…。
男：**爸爸覺得一開始那件比較可愛**。
女：這樣啊，那我要那件。

女生決定買哪件 T 恤？

一開始說的是花圖案的T恤。

熟記單字及表現

□描く：畫、描繪
□～しかない：僅…
□ちょうどいい：剛剛好
□最初：最初
□サイズ：尺碼
□リボン：絲帶、緞帶
□似る：相似、類似

問題3

例　1

🔊 N4_1_22

友だちに借りた本にアイスクリームを落としてしまいました。何と言いますか。

F: 1　本を汚してしまって、ごめんね。

2　本が汚れそうで、ごめんね。

3　本が汚れたみたいで、ごめんね。

不小心把冰淇淋滴到跟朋友借的書了，這時候要說什麼？

女：1　不小心弄髒你的書了，對不起。
2　書感覺會髒掉，對不起。
3　書好像變髒了，對不起。

第1題　2

🔊 N4_1_23

車を運転しています。先生が駅まで行きたいと言っています。何と言いますか。

M: 1　駅まで送りませんか。

2　駅まで送りましょうか。

3　駅まで送られますか。

男性正在開車，老師說想要到車站。這時候要說什麼？

男：1　要不要送我到車站？
2　我送妳到車站吧？
3　可以送我到車站嗎？

～ましょうか：提出「提案（提議）」時會用到的表現

第2題　1

🔊 N4_1_24

友だちのノートをコピーしたいです。何と言いますか。

M: 1　コピーさせてもらえない?

2　コピーしてあげたら?

3　コピーしてくれてありがとう。

想跟朋友借筆記複印，這時候要說什麼？

男：1　可以讓我複印筆記嗎？
2　妳就幫對方複印筆記吧？
3　謝謝妳幫我複印筆記。

～させてもらえない？＝～してもいい？

可以讓我～嗎？＝我可以～嗎？

第3題　2

🔊 N4_1_25

バスに乗っています。友だちが気持ちが悪いと言っています。何と言いますか。

F: 1　バスに乗らないほうがいいよ。

2　次のバス停で、バスを降りよう。

3　急がないとバスに間に合わないよ。

女性正在搭公車，朋友說她覺得不舒服。這時候要說什麼？

女：1　還是不要搭公車吧。
2　到下個停靠站就下公車吧。
3　不快一點就趕不上搭公車喔。

降りよう：「降りる」的［意向形（意志形）］。

1　～ないほうがいい：給予「アドバイスや意見（建議或意見）」時用的表現。
※因此會說「バスに乗らないほうがいい（最好不要坐巴士）」的時間點會在坐上巴士之前。

★熟記單字及表現

□気持ちが悪い：難受、噁心

第4題　3

N4_1_26

寒いので、まどを閉めたいです。何と言いますか。

F：1　まどを閉めなければいけませんか。

2　まどを閉めたらどうですか。

3　まどを閉めてもいいですか。

因為很冷所以想關窗戶。
這時候要說什麼？
女：1　必須要關上窗戶才行嗎？
2　要不要關窗戶？
3　請問可以關窗戶嗎？

～てもいいですか：用來徵求許可的表達

第5題　1

N4_1_27

アルバイトが終わりました。これから帰ります。何と言いますか。

M：1　お先に失礼します。

2　おかえりなさい。

3　いらっしゃいませ。

打工結束了。現在要回家。
這時候要說什麼？
男：1　不好意思，先走一步了。
2　歡迎回來。
3　歡迎光臨。

お先に失礼します：在公司之類的職場，比其他人先下班時會說的問候語。

問題4

例　1

N4_1_29

M：おみやげのお菓子です。ひとつどうぞ。

F：1　わあ、いただきます。

2　いえ、どういたしまして。

3　たくさん食べてくださいね。

男：這是我買的伴手禮零食。請吃一個。
女：1　哇啊，我不客氣了。
2　哪裡，不客氣。
3　請多吃一點喔。

第1題　1

N4_1_30

F：今度の日曜日に、海に行かない？

M：1　いいね、行こう。

2　ぼくは何回も行ったことがあるよ。

3　早く行きなさい。

女：下週日要不要去海邊？
男：1　好耶，走吧。
2　我有去過很多次喔。
3　快點給我去。

第2題　2

N4_1_31

F：田中くんの家から学校までどのくらいかかるの？

M：1　学校までバスで通っているよ。

2　だいたい30分くらいかな。

3　ぼくの家より学校のほうがずっと大きいよ。

女：從田中同學家到學校要花多少時間？
男：1　我搭公車到學校。
　　2　大約要花 30 分鐘吧。
　　3　學校比我家大很多喔。

どのくらいかかるの?：需要多長時間？

1　通(かよ)う：來往、往返

第3題　3

N4_1_32

F：どうしたの?なんか元気(げんき)がないみたいだけど。

M：1　だれも知(し)らないと思(おも)う。

　　2　薬(くすり)を飲(の)んだほうがいいよ。

　　3　朝(あさ)からずっと頭(あたま)が痛(いた)くて…。

女：你怎麼了？好像沒什麼精神耶。
男：1　我認為沒有人知道。
　　2　還是去吃藥比較好喔。
　　3　我從早上就一直頭痛…。

元気(げんき)がない：無精打采

～みたい：…似的

第4題　1

N4_1_33

M：すみません、このお店(みせ)はいつが休(やす)みですか。

F：1　月曜日(げつようび)です。

　　2　薬(くすり)のお店(みせ)です。

　　3　いつか会(あ)いましょうね。

男：不好意思，這家店什麼時候休息？
女：1　是禮拜一。
　　2　這裡是賣藥的。
　　3　改天再見吧。

いつ：詢問時間的表達

第5題　3

N4_1_34

M：きれいな写真(しゃしん)ですね。どこで撮(と)ったんですか。

F：1．私(わたし)が撮(と)りました。

　　2．カメラで撮(と)りました。

　　3．海(うみ)で撮(と)りました。

男：很漂亮的照片呢。妳在哪裡拍的？
女：1　是我拍的。
　　2　我用相機拍的。
　　3　我在海邊拍的。

どこ：詢問地點的表達

第6題　3

N4_1_35

M：先生(せんせい)に相談(そうだん)してみたら?

F：1．はい、相談(そうだん)すればよかったです。

　　2．はい、聞(き)いてあげたほうがいいですね。

　　3．はい、そうすることにします。

男：要不要找老師商量？
女：1　是啊，如果有找老師商量就好了。
　　2　是啊，聽他說比較好呢。
　　3　是啊。我會這麼做的。

そうすることにします＝そうします（會那樣做）

第7題　2

N4_1_36

F：あのう、ちょっとお聞きしたいんですが。

M：1. それは失礼ですよ。

2. はい、どうしましたか。

3. ご注意ください。

女：那個，我想問一些事情。
男：1　那樣子很失禮喔。
　　2　好的，請問怎麼了？
　　3　請小心一點。

どうしましたか：當對方有事要詢問或商量時所作的應答

※醫生第一句也是說「どうしましたか（請問怎麼了）」。

第8題　1

N4_1_37

F：このレポート、どうしたらもっとわかりやすくなるだろう。

M：1　写真やイラストを入れたらどうですか。

2　字を大きくしなくてもいいですよ。

3　レポートの書き方を練習することにします。

女：這份報告，該怎麼做才能更容易理解呢？
男：1　要不要加入照片或圖片呢？
　　2　字不用放大也行喔。
　　3　我去練習怎麼寫報告。

このレポート、どうしたらもっとわかりやすくなるだろう。：這份報告要怎麼做才能更易於理解呢？

第1回

語言知識（文字・語彙）

問題1　請從1・2・3・4的平假名選項之中，選出＿＿＿的詞語最恰當的讀法。

（例題）　這顆蘋果非常甜。
1　紅　2　甜　3　藍　4　粗糙

1 這家店的商品很少
1　×　2　×　3　商品　4　×

2 四月去上日本的大學。
1　上（學）　2　入境
3　入試　4　入院

3 搭電車往返上學。
1　×　2　往返　3　向著　4　通過

4 日本是工業之國。
1　工業　2　×
3　×　4　常在修行

5 巴士八點出發。
1　出發　2　×　3　×　4　×

6 為了健康，每天都在運動。
1　訓導　2　薰陶　3　運動　4　×

7 可以把窗戶關起來嗎？
1　阻止　2　決定　3　關起　4　住手

8 請從這條路直走。
1　路　2　橋　3　家　4　國

9 明天要一起去看電影嗎？
1　×　2　詠歌　3　電影　4　×

問題2　請從選項1・2・3・4中，選出＿＿的詞語最正確的漢字。

（例題）　桌上有隻貓。
1　上　2　下　3　左　4　右

10 跟朋友借書。
1　×　2　借　3　×　4　×

11 我喜歡聽音樂。
1　×　2　×　3　音樂　4　×

12 馬上就結束，請再等一下。
1　等　2　拿　3　×　4　×

13 昨天車站附近發生了火災。
1　×　2　火災　3　家事　4　事故

14 公車快要來了。請趕快。
1　×　2　×　3　趕快　4　×

15 考試及格了所以心情很好。
1　×　2　×　3　心情　4　×

問題3　（　）該放入什麼字？請從1・2・3・4中選出最適合的選項。

（例題）　這個零食（　）太好吃。
1　非常　2　一點點
3　不　4　稍微

16 請把奶油（　）麵包上。
1　用在　2　沾濕　3　放在　4　塗在

17 （　）回國了。
1　好久沒有　2　將來
3　以後　4　下次

18 船抵達（　）了。
1　機場　2　港口　3　城鎮　4　車站

19 （　）是看書。
1　習慣　2　感興趣
3　約定　4　嗜好

20 請把房間（　）乾淨。
1　消除　2　整理　3　比較　4　排好

21 用1000日圓買了800日圓的零食，收到200日圓的（　）。
1　發票　2　鈔票
3　找零　4　錢包

22 健先生總是（　）工作。
1　麻煩　2　緊密地
3　慢慢地　4　認真

23 早上發生地震，覺得（　）。

1　高興　　2　可怕

3　寂寞　　4　難為情

24 已經（　）了明天的飯店。

1　預約　2　預報　3　預測　4　預定

25 這項研究耗費五年，（　）結束了。

1　一點都　　2　似乎

3　終於　　4　一定會

問題4　選項中有句子跟__的句子意思幾乎一樣。請從1、2、3、4中選出一個最適合的答案。

（例題）這間房間禁菸。

1　在這間房間不可以吸菸。

2　在這間房間可以吸菸。

3　在這間房間必須吸菸

4　在這間房間不吸菸也沒關係。

26 最近常常不在家。

1　最近常待在家裡。

2　最近不太常在家。

3　最近常常找朋友來家裡。

4　最近不太常在家玩。

27 今天的考試很簡單。

1　今天的考試很複雜。

2　今天的考試很困難。

3　今天的考試淺顯易懂。

4　今天的考試很難懂。

28 車子故障了。

1　車子壞掉了。

2　車子弄髒了。

3　車子動了。

4　車子停了。

29 去年開始戒菸了。

1　去年開始吸菸了。

2　去年買了菸。

3　現在不吸菸了。

4　現在正在吸菸。

30 非常努力地念書。

1　常常在念書。

2　不太常念書。

3　稍微念點書。

4　幾乎不會念書。

問題5　從1・2・3・4中選出下列詞彙最合適的用法。

（例題）回答

1　請把漢字回答大一點。

2　請回答很多書。

3　請好好回答我說的事。

4　請認真回答老師的問題。

31 觀賞

1　在大學觀賞經濟。

2　昨天去觀賞了工廠。

3　下次要去觀賞富士山。

4　暑假跟朋友一起去觀賞煙火大會。

32 放心

1　這座城鎮晚上很吵，讓人放心。

2　山田先生很放心又很忙。

3　發生事故非常讓人放心。

4　日本有哥哥在，讓人放心。

33 小塊

1　請把蔬菜切成小塊。

2　他的家非常小塊。

3　那支鉛筆很小塊呢。

4　我哥哥的腳非常小塊。

34 破掉

1　紙沾到水破掉了。

2　樹被颱風破掉了。

3　杯子掉下來破掉了。

4　椅子丟出去就破掉了。

35 邀請

1　遊戲每天只<u>邀請</u>一小時。

2　到春天櫻花就<u>邀請</u>了。

3　下雨了就<u>邀請</u>雨傘。

4　<u>邀請</u>約翰先生踢足球。

語言知識（文法）・讀解

問題1　（　）內要放什麼進去？請從1、2、3、4的選項中選出一個最適合的答案。

（例題）明天要（　）京都。

1　把　2　去　3　跟　4　的

1「好吃」（　）越南話要怎麼說呢？

1　把　2　用　3　從　4　給

2（在便利商店）

田中「不好意思，我想要買口香糖…。」

店員「口香糖（　），就放在那裡喔。」

1　比起　2　的話　3　跟　4　最多

3 那個人（　）說會來卻沒有來。

1　因為　2　明明

3　說的　4　把這個

4 因為去年沒太能出去旅遊，所以今年（　）去很多次。

1　會　2　必須

3　打算　4　如果能

5（　）會寫平假名。

1　只　2　特別　3　除了　4　連

6 大家一起看個電視（　）的吧。

1　什麼　2　甚至　3　越是　4　比起

7 山下先生明天（　）就回來了。

1　只有　2　應該　3　因為　4　既然

8 這是你家人的照片嗎？你的姐姐（　）又漂亮的人呢？

1　溫柔　2　以前溫柔

3　×　4　看來像是溫柔

9 這個零食很小，吃起來很（　）。

1　沒有　2　想要　3　方便　4　似乎

10 生病了就吃藥然後趕快（　）。

1　去睡覺比較好　2　不要睡比較好

3　打算要睡覺　4　打算不睡覺

11 A「怎麼了嗎？你臉色不太好喔。」

B「其實昨天（　）很多酒。」

1　請前輩喝了　2　讓前輩喝了

3　被前輩喝掉　4　被前輩強迫喝了

12 如果明天是（　）呢。

1　好天氣就好了　2　好天氣比較好

3　只會是好天氣　4　好天氣也說不定

13 謝謝你昨天（　）完成報告。

1　因為幫助　2　幫助我

3　幫助我的話　4　幫助他

14 休假時會去（　）散步，（　）打電動。

1　做、做　2　做吧、做吧

3　邊做、邊做　4　或做、或做

15 A「你看過這份資料了嗎？」

B「不，我（　）。」

1　不看　2　當時不看

3　還沒有看過　4　當時沒有看過

問題2　放進＿★＿的單字是哪一個？請從1、2、3、4的選項中選出一個最適合的答案。

（例題）

書就＿＿＿　＿＿＿　＿★＿　＿＿＿。

1　桌子　2　上面　3　的　4　放在

16 在＿＿＿　＿＿＿　＿★＿　＿＿＿。就出門了。

1　的情況下　2　沒關，而且

3　開著　4　鎖

17 我等一下會拿去丟，＿＿＿ ＿＿＿ ＿★＿ ＿＿＿。

1　先做好　　2　收集

3　請　　4　把垃圾

18 正當我＿＿＿ ＿＿＿ ＿★＿ ＿＿＿突然就下起雨來了。

1　出門　2　要　3　時候　4　的

19 A「明天要去泡溫泉嗎？」

B「好啊，＿＿＿ ＿＿＿ ＿★＿ ＿＿＿？」

1　去　　2　弟弟

3　可以嗎　　4　帶著

20 我希望父親＿＿＿ ＿＿＿ ＿＿＿ ＿★＿。

1　把它　2　能　3　酒　4　戒掉

問題3　21 到 25 該放入什麼字？思考文章的意義，從1・2・3・4中選出最適合的答案。

下面是由留學生寫的文章。

祖母的蛋糕

瑪麗亞

我的祖母已經八十歲了，現在她住在隔壁的鎮裡。她人非常溫柔，而且她 21 非常會烤蛋糕。我認為她做的蛋糕最好吃了。

但是，最近她 22 烤蛋糕了，因為她兩年前生病了。23 ，我請她教我烤蛋糕。

雖然做蛋糕很困難，但我練習了很多次，現在我祖母像一樣， 24 美味的蛋糕了。能夠做出美味的蛋糕 25 我就會很開心。我希望我的祖母未來也能夠保持健康。

21

1　是　2　把　3　被　4　和

22

1　不做　　2　沒有做過

3　變得不做　　4　不做～也沒關係

23

1　那麼　　2　舉例來說

3　但是　　4　所以

24

1　變得會做　　2　決定要做

3　做完了　　4　被迫做出

25

1　明明～但　　2　的話

3　的　　4　比較

問題4　閱讀下列從（1）到（4）的文章，從1・2・3・4中選出對問題最適合的回答。

（1）

～愉快的夏日祭典～

日期：7月15號（六）

15點～20點

地點：青葉公園

要去夏日祭典的人，請於14點到車站集合。

由於公園沒有地方可以放腳踏車，所以請搭電車之類的交通工具。

如果下雨，夏日祭典就改到7月22號（六）。

青葉日本語學校

7月1號

26 想去夏日祭典的人該怎麼做才對呢？

1　在7月15號的15點騎單車去公園。

2　在7月15號的14點先去車站再去公園。

3　在7月15號的14點先去公園再去車站。

4　在7月22號的15點先去車站再去公園。

（2）

我的家在鄉下。距離有百貨公司跟電影院的城市，大約有兩個小時的車程，也沒有時髦商店或餐廳。所以我小時候不喜歡這個鄉下小鎮。但是長大之後我漸漸地喜歡上這個鄉下。因為我發現鄉下有很多的優點。鄉下雖然沒有城市那麼方便，卻很安靜，水跟蔬菜也很美味。我最喜歡鄉下了。

27 這個人為什麼會喜歡上鄉下呢？

1　因為可以開車到有百貨公司跟電影院的城市
2　因為有時髦的商店跟餐廳
3　因為鄉下有很多很棒的地方
4　因為比城市安靜且方便

（3）

給使用圖書館的人
看完的書請交給櫃檯。
用過的桌子跟椅子，請務必要整理乾淨。
垃圾請自行帶走。
要影印書本時，請先告知櫃檯後再影印。
在圖書館裡請不要有以下行為。
・進食或是飲水
・拍照
櫻花大學圖書館

28 這則公告可以了解圖書館的什麼事？

1　書看完之後必須要整理乾淨。
2　不可以丟垃圾。
3　不可以影印書本的內容。
4　可以拍照片。

（4）

金先生
您好。

我聽說金先生現在人在韓國。我想在23號到27號期間去韓國。如果金先生行程方便的話，要不要一起吃晚餐呢？若可以告訴我金先生能夠一起用餐的日子，我會事先預約好餐廳。我非常期待在韓國跟金先生見面。

田中

29 請問金先生要通知田中先生什麼事呢？

1　在不在韓國
2　23號到27號之間能不能去韓國
3　哪一天的晚上可以一起去吃飯
4　要不要預約餐廳

問題5　閱讀以下文章，回答問題。從1・2・3・4中選出對問題最適合的回答。

我在兩年前來到日本。日本有很多便利商店跟超市，很方便，我覺得是生活非常便利的國家。

不過①有件事我覺得很可惜。那就是垃圾非常多。雖然走在街上幾乎看不到垃圾，到處都很乾淨，但是在日本生活會製造非常多的垃圾。舉例來說，當我買了零食，打開包裝盒後裡面的零食一個個都裝在塑膠袋裡。所以每吃一個零食就會多製造一個垃圾。不久前去超市買了番茄，番茄是裝在塑膠盒裡面，還用塑膠袋包起來。等我回到家開始煮飯，塑膠盒跟塑膠袋就全都變垃圾。所以②我家的垃圾桶很快就被塑膠垃圾給塞滿。

③這麼做的確讓零食跟番茄看起來很漂亮，對一個人生活的人來說很方便。但是我認為不需要把零食或番茄一個個都裝進塑膠袋、塑膠盒裡面。只要不用塑膠製

品或塑膠袋的話（　）。

30 這個人覺得什麼事情①很可惜呢？

1 有很多便利商店跟超市非常方便
2 鎮上有很多垃圾
3 鎮上幾乎沒有垃圾
4 在這生活會製造很多垃圾

31 為什麼②我家的垃圾桶很快就塞滿了塑膠垃圾呢？

1 因為鎮上幾乎沒有垃圾
2 因為用了很多塑膠包裝跟塑膠袋
3 因為回家後自己做菜
4 因為吃太多零食

32 ③這麼做所指的是什麼事？

1 就算鎮上幾乎沒有垃圾，家裡也有很多垃圾
2 做菜時會丟掉塑膠包裝跟塑膠袋
3 買零食或番茄然後自己做菜
4 零食或番茄，每個東西都用塑膠包裝或塑膠袋包著

33 填入（　）空格中最好的句子是哪一句？

1 垃圾應該會減少。
2 我想大家會很困擾。
3 會變得不方便。
4 必須要清乾淨。

問題6　閱讀右頁的文章，回答問題。從1・2・3・4中選出對問題最適合的回答。

34 安娜想要參加「興奮不已文化中心」的教室。
因為安娜必須去上學所以能去文化中心的時間只有18點之後或是禮拜六。
請問安娜能參加哪些教室？

1 ①跟⑥
2 ②跟④
3 ③跟⑤
4 ①跟④

35 想打籃球的人，在籃球教室的課結束之後必須做什麼？

1 打掃體育館
2 到櫃台付錢
3 到櫃台填寫名字跟電話號碼
4 打電話給文化中心

興奮文化中心

5月有開設六個教室。
老師會親切地進行教學，是初學者也不用擔心。

☆5月的行程表

	費用※1	地點	自備物品	時間
①籃球※2	免費	體育館	飲料 毛巾	禮拜一 18:00～19:30 禮拜五 19:00～20:30
②游泳	500日圓	游泳池	泳衣、毛巾 泳帽	禮拜四 10:00～11:00 17:00～18:00
③茶道	100日圓	和室	無	禮拜二 10:00～11:30
④烘焙	300日圓	烹調室	圍裙 毛巾	禮拜六 10:00～12:00
⑤鋼琴	100日圓	教室1	無	禮拜四 17:00～18:00
⑥吉他	免費	教室2	無	禮拜三 10:00～12:00 14:00～15:00

※1　費用請付給各教室的老師。
※2　上完籃球課後請務必打掃體育館。

第一次參加興奮文化中心的人，請至櫃檯填寫姓名跟連絡電話。
要跟課程請假時請打以下電話。
興奮文化中心
電話：0121-000-0000

聽解

問題1　在問題1中，請先聽問題。並在聽完對話後，從試題冊上1～4的選項中，選出一個最適當的答案。

例題

女：喂。我現在人在車站前的郵局前面，接下來我該怎麼走？

男：郵局啊。從那裡看得到一棟茶色大樓嗎？

女：嗯，看得到喔。

男：過馬路朝著那棟大樓走過來。然後走大樓旁邊的路走個兩分鐘有間超商，在超商前等我。我走到那裡接妳。

女：嗯，我知道了。謝謝。

男：好，那麼待會兒見。

女性等一下第一件事要做什麼？

1　在郵局前面等待
2　進去茶色的大樓裡面
3　在便利商店買東西
4　過馬路

第1題

男：是這樣啊。

女：他說今天下午想要拍照，趕快把相機交給他比較好。

男：嗯，我知道了。

男性要怎麼處理相機？

1

2

3
4

第2題

男性在超市跟女性講電話。男性要買什麼回去？

男：我現在人在超市，需要買什麼嗎？

女：我想想，我想吃冰淇淋。

男：知道了。啊，牛奶變便宜了喔。

女：昨天已經買過了，不用喔。啊，對了，有沒有看起來好吃的魚？

男：很可惜，魚全都賣光，已經沒有了。要買早餐吃的麵包嗎？

女：也好，今天早上把麵包吃完了，拜託你了。

男：我知道了。

男性要買什麼回去？

1　ア和イ　　2　イ和ウ
3　ウ和エ　　4　ア和エ

第3題

一位老師在大學講話。報告必須要用什麼方式交出去才行？

男：這堂課的報告的繳交期限是這個月的

25號。從20號開始到25號，我的研究室前面會放一個箱子，報告請放進那個箱子裡。最近會有人用寄電子郵件的方式來交報告，但是用這個方式的話我不會收報告。另外報告也請不要直接交給我，因為有可能會遺失。過了25號，研究室前面的箱子就會收起來。期限過了就算找我商量，我也絕對不會收報告，到時候請各位放棄。

報告要用什麼方式交出去才行？

1　放進研究室前面的箱子裡

2　寄送郵件

3　直接交給老師

4　找老師商量

第4題

男性跟女性在學校講話。男性等一下要做什麼？

男：啊，佐藤小姐。要回去了嗎？

女：去圖書館還完書後就回去。

男：這樣啊。我現在要去車站前的喫茶店，要一起去嗎？

女：咦，那裡的喫茶店？我一直想要去。

男：太好了。那走吧。

女：嗯，我先去圖書館還書，你先在這間教室等我。

男：我跟妳一起去圖書館吧？

女：不用，馬上就好，沒問題。

男：我知道了。

男性等一下要做什麼？

1 

2 

3

4 

第5題

男性跟女性在講電話。男性等一下第一件事要做什麼？

男：喂，佐藤小姐。妳現在在哪？

女：我才剛到車站。

男：這樣啊。其實我沒趕上電車所以改搭公車過去了。

女：是這樣啊。還要多久才會到？

男：嗯～這個嘛…下一班公車10分鐘後才會來，等我搭那輛公車…。

女：搭公車到這裡要花幾分鐘，搭之前要先查清楚啊。知道了再打給我。

男：嗯，我知道了。

女：你到之前我在書店等你。

男：嗯，抱歉。

男性等一下第一件事要做什麼？

1 

2 

3 

4 

第6題

男性跟店員在講電話。男性什麼時候要去店裡？

女：感謝您的來店。這裡是「日本料理店櫻花」。

男：那個～我是預約今天7點用餐的田中。不好意思，我想要改日期，明天6點還有空位嗎？

女：請稍等一下。…非常不好意思，明天6點的位子已經都有預約了…。

男：這樣啊。那麼8點可以嗎？

女：預約8點嗎？可以幫您準備6個人的座位。

男：嗯～我們有8個人。

女：那麼請問後天6點如何呢。可以幫您準備好8個人的座位。

男：啊，那麻煩幫我改成後天。

女：我明白了。

男性什麼時候要去店裡？

1　今天7點

2　明天6點

3　明天8點

4　後天6點

第7題

男性跟女性在公司講話。女性接下來必須做什麼事？

男：開會辛苦了。可以麻煩妳打掃會議室嗎？

女：好的。桌子跟椅子已經收起來了，只剩下把垃圾拿去丟。

男：謝謝。垃圾我拿去丟就好，加藤小姐可以幫忙洗那邊的杯子嗎？

女：好的。啊，會議室的門先鎖起來比較好嗎？

男：好像還有人要用會議室，所以門不用上鎖。

女：這樣啊。我不知道就先把桌子跟椅子收起來了。

男：沒關係、沒關係。不用在意。那麼拜託妳了。

女性接下來必須做什麼事？

1 

2 

3 

4 

第8題

女性跟男性在講話。男性要怎麼處理垃圾？

女：不好意思，你的垃圾⋯。

男：咦？垃圾？今天是禮拜一所以是丟塑膠垃圾的日子吧？

女：今天雖然是禮拜一，但是業者休息不能收垃圾。所以塑膠垃圾必須明天拿出來丟。

男：啊，不好意思。我搞錯了⋯。

女：拜託不要丟在垃圾場不管喔。會引來貓跟烏鴉把垃圾場弄髒。

男：好的。不好意思。

女：請你多注意一點。

男性要怎麼處理垃圾？

1　帶回家，禮拜一拿去丟

2　帶回家，禮拜二拿去丟

3　丟在垃圾場不管它

4　交給那位女性

問題2　在問題2中，首先聽取問題。之後閱讀題目紙上的選項。會有時間閱讀選項。然後聽完內容，在題目紙上的1～4之中，選出最適合的答案。

例題

女性跟男性在講話。女性要穿什麼參加婚禮？

女：真期待明天朋友的婚禮呢。

男：是啊。妳決定好要穿什麼了嗎？

女：其實我很想穿和服的，但是一個人穿

不了，而且很難行動呢。
男：是啊。
女：所以我想說穿粉紅色的禮服，你覺得呢。
男：嗯～我覺得只穿那件會冷喔。
女：這樣啊。那這件黑色的呢？這件就不會冷了。
男：是沒錯，但不會太短了嗎？
女：是嗎？短一點比較時髦吧。決定了。就穿這件。

女性要穿什麼去婚禮？
1　粉紅色的和服
2　黑色的和服
3　粉紅色的禮服
4　黑色的禮服

第1題
老師跟男生在學校講話。男生為什麼會遲到？
女：田中，你今天又遲到了。
男：老師，對不起。
女：怎麼了嗎？早上沒辦法早起嗎？
男：不，我每天9點睡覺，6點就起來了。
女：那應該來得及到學校才對。該不會早上在看電視吧？
男：沒有看電視。其實是我開始養狗，每天早上都帶牠去散步。因為很開心所以不小心就忘了時間…。
女：原來是這樣。但是不遵守時間不行喔。

男生為什麼會遲到？
1　因為很晚睡
2　因為沒辦法早起
3　因為早上就在看電視
4　因為早上帶狗去散步

第2題
男性跟女性在學校講話。男性什麼時候要去吃飯？
男：啊～肚子餓了。
女：中山，你還沒吃飯嗎？我現在剛好吃完呢。早知道就邀你了。
男：我想說等報告完成就去吃。既然報告完成了，我現在去吃飯吧。
女：現在不論哪家店人都很多喔。稍微等一下再去吃比較好吧？
男：肚子已經餓扁了。我還是要現在去吃。

男性什麼時候要去吃飯？
1　剛剛才吃完飯
2　完成報告之後再去吃飯
3　現在就去吃飯
4　等一下再去吃飯

第3題
媽媽跟男生在家裡講話。男生為什麼說不想去學校？
女：早安。你看起來沒什麼精神呢。肚子痛嗎？
男：才不是那樣啦。
女：啊，該不會是因為今天不想去考試吧？
男：我有認真念書，沒問題。比起這個，妳看啦，這個髮型。昨天媽媽幫我剪太短了，髮型變得很奇怪耶！
女：咦～這個髮型很好看啊。
男：媽媽，可以跟學校說我感冒了，幫我請假嗎？
女：你在說什麼啊。快點去學校。

男生為什麼說不想去學校？
1　因為肚子痛

2　因為不想去考試

3　因為頭髮剪太短了

4　因為感冒了

第4題

圖書館的員工在圖書館講話。在圖書館不可以做什麼事？

男：現在開始說明圖書館的使用方式。圖書館是大家看書、用功的地方，所以講話時請小聲講。想要影印書本的時候請用1樓的影印機。這台影印機沒辦法做彩色列印。想使用電腦的時候只要先去櫃台請教密碼，不管是誰都可以使用。飲料只要是裝在寶特瓶的就能帶進來，除此之外的不行。

在圖書館不可以做什麼事？

1　大聲講話

2　影印書籍

3　使用電腦

4　喝果汁

第5題

女性跟男性在大學講話。男性大學畢業後要做什麼？

女：都大學4年級了，卻還找不到好公司⋯。

男：林同學大學畢業後就要去工作了嗎？

女：是啊。其他朋友為了進公司就職全都去參加考試了。佐藤同學要做什麼？

男：我打算再到學校去學習。

女：那麼你要去念研究所？

男：不是。我打算進烹飪學校。等到從那間學校畢業，我想去國外做更多磨練。然後將來想開一間自己的店。

女：好厲害。你要加油喔。

男性大學畢業後要做什麼？

1　去念研究所

2　去念料理學校

3　去國外

4　自己開一家店

第6題

男性跟女性在公司講話。會議改成幾點了？

男：加藤小姐，明天的會議是3點開始對吧？

女：是的，沒錯。

男：其實開會前我必須去客戶的公司一趟才行，所以希望把會議開始的時間改成4點。

女：我想想⋯。要是晚1小時就不能使用會議室了。如果晚30分鐘就可以預約會議室⋯。

男：30分鐘嗎⋯。

女：改成別的日子吧。

男：不，沒問題的。那麼麻煩妳預約會議室。

會議改成幾點了？

1　3點

2　3點30分

3　4點

4　別的日子

第7題

女生跟父親在講話。女生決定要買哪一件T恤？

女：哎，爸爸。買那件T恤嘛。那件T恤。

男：有花的圖案的那件？

女：不是啦，是旁邊那件。

男：這個有貓咪圖案的T恤？

女：嗯，就是那件。

男：可是這件尺寸只有小號喔。這邊的貓和緞帶的T恤的話就有剛好的尺寸。

女：那件是很可愛，但我已經有一件類似的了…。

男：爸爸覺得一開始那件比較可愛。

女：這樣啊，那我要那件。

女生決定買哪件T恤？

一開始說的是花圖案的T恤？

1　花的圖案的襯衫

2　花跟貓的圖案的襯衫

3　貓的圖案的襯衫

4　貓跟緞帶的圖案的襯衫

問題3　問題3請邊看圖邊聽取語句。→（箭頭）指的人應該要說什麼？請在1～3之中，選出最適合的答案。

例題

不小心把冰淇淋滴到跟朋友借的書了。這時候要說什麼？

女：1　不小心弄髒你的書了，對不起。

　　2　書感覺會髒掉，對不起。

　　3　書好像變髒了，對不起。

第1題

男性正在開車，老師說想要到車站。這時候要說什麼？

男：1　要不要送我到車站？

　　2　我送妳到車站吧？

　　3　可以送我到車站嗎？

第2題

想跟朋友借筆記複印。這時候要說什麼？

男：1　可以讓我複印筆記嗎？

　　2　妳就幫對方複印筆記吧？

　　3　謝謝妳幫我複印筆記。

第3題

女性正在搭公車。朋友說她覺得不舒服。這時候要說什麼？

女：1　還是不要搭公車吧。

　　2　到下個停靠站就下公車吧。

　　3　不快一點就趕不上搭公車喔。

第4題

因為很冷所以想關窗戶。這時候要說什麼？

女：1　必須要關上窗戶才行嗎？

　　2　要不要關窗戶？

　　3　請問可以關窗戶嗎？

第5題

打工結束了。現在要回家。這時候要說什麼？

男：1　不好意思，先走一步了。

　　2　歡迎回來。

　　3　歡迎光臨。

問題4　問題4並沒有圖片。首先聽取語句。然後聽完對語句的回答後，在1～3之中，選出最適合的答案。

例題

男：這是我買的伴手禮零食。請吃一個。

女：1　哇啊，我不客氣了。

　　2　哪裡，不客氣。

　　3　請多吃一點喔。

第1題

女：下週日要不要去海邊？

男：1　好耶，走吧。

　　2　我有去過很多次喔。

　　3　快點給我去。

第2題

女：從田中同學家到學校要花多少時間？

男：1　我搭公車到學校。

　　2　大約要花30分鐘吧。

　　3　學校比我家大很多喔。

第3題

女：你怎麼了？好像沒什麼精神耶。

男：1　我認為沒有人知道。

2　還是去吃藥比較好喔。

3　我從早上就一直頭痛…。

第4題

男：不好意思，這家店什麼時候休息？

女：1　是禮拜一。

2　這裡是賣藥的。

3　改天再見吧。

第5題

男：很漂亮的照片呢。妳在哪裡拍的？

女：1　是我拍的。

2　我用相機拍的。

3　我在海邊拍的。

第6題

男：要不要找老師商量？

女：1　是啊，如果有找老師商量就好了。

2　是啊，聽他說比較好呢。

3　是啊。我會這麼做的。

第7題

女：那個，我想問一些事情。

男：1　那樣子很失禮喔。

2　好的，請問怎麼了？

3　請小心一點。

第8題

女：這份報告，該怎麼做才能更容易理解呢？

男：1　要不要加入照片或圖片呢？

2　字不用放大也行喔。

3　我去練習怎麼寫報告。

第2回　解答・解説

解答・解説

ごうかくもし　かいとうようし

N4 げんごちしき（もじ・ごい）

第2回

じゅけんばんごう Examinee Registration Number		なまえ Name	

〈ちゅうい　Notes〉

1. **くろいえんぴつ（HB、No.2）でかいてください。**
   Use a black medium soft (HB or No.2) pencil.
   （ペンやボールペンではかかないでください。）
   (Do not use any kind of pen.)
2. **かきなおすときは、けしゴムできれいにけしてください。**
   Erase any unintended marks completely.
3. **きたなくしたり、おったりしないでください。**
   Do not soil or bend this sheet.
4. **マークれい** Marking Examples

よいれい Correct Example	わるいれい Incorrect Examples
●	⊗ ✓ ◯ ⓪ ⊜ ⏀ ◍

もんだい1

1	①	②	●	④
2	①	②	●	④
3	①	●	③	④
4	①	②	③	●
5	①	②	●	④
6	●	②	③	④
7	●	②	③	④
8	①	②	③	●
9	●	②	③	④

もんだい2

10	①	②	●	④
11	●	②	③	④
12	①	②	③	●
13	①	②	③	●
14	①	②	●	④
15	●	②	③	④

もんだい3

16	①	②	●	④
17	①	②	●	④
18	●	②	③	④
19	①	②	●	④
20	●	②	③	④
21	①	②	③	●
22	①	●	③	④
23	①	●	③	④
24	①	②	●	④
25	①	●	③	④

もんだい4

26	①	②	③	●
27	●	②	③	④
28	●	②	③	④
29	①	●	③	④
30	①	②	③	●

もんだい5

31	①	●	③	④
32	●	②	③	④
33	●	②	③	④
34	①	②	③	●
35	①	●	③	④

ごうかくもし　かいとうようし

N4 げんごちしき（ぶんぽう）・どっかい

第2回

じゅけんばんごう Examinee Registration Number		なまえ Name	

〈ちゅうい　Notes〉

1. **くろいえんぴつ（HB、No.2）でかいてください。**
Use a black medium soft (HB or No.2) pencil.
（ペンやボールペンではかかないでください。）
(Do not use any kind of pen.)
2. **かきなおすときは、けしゴムできれいにけしてください。**
Erase any unintended marks completely.
3. **きたなくしたり、おったりしないでください。**
Do not soil or bend this sheet.
4. **マークれい** Marking Examples

よいれい Correct Example	わるいれい Incorrect Examples
●	⊗ ✓ ○ ◎ ⊜ ◐ ●

もんだい1				
1	①	●	③	④
2	●	②	③	④
3	●	②	③	④
4	①	②	③	●
5	①	②	③	●
6	①	②	●	④
7	①	②	③	●
8	①	②	③	●
9	①	●	③	④
10	①	②	③	●
11	●	②	③	④
12	●	②	③	④
13	①	②	③	●
14	①	②	●	④
15	①	●	③	④

もんだい2				
16	①	●	③	④
17	●	②	③	④
18	①	②	●	④
19	①	②	③	●
20	①	●	③	④

もんだい3				
21	①	②	●	④
22	①	●	③	④
23	●	②	③	④
24	①	②	③	●
25	①	●	③	④

もんだい4				
26	①	②	●	④
27	①	②	●	④
28	①	②	③	●
29	①	②	●	④

もんだい5				
30	①	②	③	●
31	①	②	●	④
32	●	②	③	④
33	①	②	③	●

もんだい6				
34	①	●	③	④
35	●	②	③	④

ごうかくもし　かいとうようし

N4 ちょうかい

第2回

じゅけんばんごう Examinee Registration Number		なまえ Name	

〈ちゅうい　Notes〉

1. **くろいえんぴつ（HB、No.2）でかいてください。**
   Use a black medium soft (HB or No.2) pencil.
   （ペンやボールペンではかかないでください。）
   (Do not use any kind of pen.)
2. **かきなおすときは、けしゴムできれいにけしてください。**
   Erase any unintended marks completely.
3. **きたなくしたり、おったりしないでください。**
   Do not soil or bend this sheet.
4. **マークれい** Marking Examples

よいれい Correct Example	わるいれい Incorrect Examples
●	⊗ ✓ ○ ◎ ◍ ⦶ ◉

もんだい1

れい	①	②	③	●
1	①	●	③	④
2	①	●	③	④
3	①	②	③	●
4	①	②	●	④
5	①	②	●	④
6	①	②	●	④
7	①	②	③	●
8	①	●	③	④

もんだい2

れい	①	②	③	●
1	●	②	③	④
2	①	②	③	●
3	●	②	③	④
4	①	●	③	④
5	①	②	●	④
6	①	②	●	④
7	①	●	③	④

もんだい3

れい	●	②	③
1	●	②	③
2	①	②	●
3	①	●	③
4	●	②	③
5	①	②	●

もんだい4

れい	●	②	③
1	①	●	③
2	①	●	③
3	①	②	●
4	●	②	③
5	①	②	●
6	●	②	③
7	①	●	③
8	①	②	●

第二回　得分表

		配分	答對題數	分數
文字	問題1	1分×9問題	／9	／9
	問題2	1分×6問題	／6	／6
	問題3	1分×10問題	／10	／10
	問題4	1分×5問題	／5	／5
	問題5	1分×5問題	／5	／5
文法	問題1	1分×15問題	／15	／15
	問題2	2分×5問題	／5	／10
	問題3	2分×5問題	／5	／10
讀解	問題4	5分×4問題	／4	／20
	問題5	5分×4問題	／4	／20
	問題6	5分×2問題	／2	／10
	合計	120分		／120

		配分	答對題數	分數
合計	問題1	3分×8問題	／8	／24
	問題2	2分×7問題	／7	／14
	問題3	3分×5問題	／5	／15
	問題4	1分×8問題	／8	／8
	合計	61分		／61

以60分滿分為基準計算得分吧。

□點÷61×60＝□點

※此評分表的分數分配是由ASK出版社編輯部對問題難度進行評估後獨自設定的。

語言知識（文字・語彙）

問題(もんだい)1

1 3 うわぎ

上着(うわぎ)：上衣

2 3 つよく

強(つよ)い：強烈、用力

1 高(たか)い：高的、貴的
2 低(ひく)い：低的、矮的
4 弱(よわ)い：弱的

3 2 きって

切手(きって)：郵票

3 切符(きっぷ)：票

4 4 ちず

地図(ちず)：地圖

5 3 はしって

走(はし)る：跑

2 歩(ある)く：走
4 登(のぼ)る：攀、登

6 1 や

～屋(や)：…店

7 1 おと

音(おと)：聲響

2 声(こえ)：聲音
3 歌(うた)：歌、歌曲
4 曲(きょく)：曲、曲子

8 4 ようじ

用事(ようじ)：要做的事

1 仕事(しごと)：工作
3 様子(ようす)：情形、樣子

9 1 いけん

意見(いけん)：意見

2 意味(いみ)：意思、意義
3 意思(いし)：想法、打算
4 以上(いじょう)：以上

問題(もんだい)2

10 3 習い

習(なら)う：學、學習

4 学(まな)ぶ：學、學習

11 1 理由

理由(りゆう)：理由

2 自由(じゆう)：自由
4 事由(じゆう)：緣由

12 4 発音

発音(はつおん)：發音

13 4 中止

中止(ちゅうし)：中止

14 3 鳥

鳥(とり)：鳥

1 ～書(しょ)：…書
2 島(しま)：島

15 1 時計

時計(とけい)：鐘錶

問題3

16 3 あつまって

集まる：聚集

1 泊まる：住宿
2 決まる：決定
4 集める：收集

17 3 よしゅう

予習：預習

1 予定：預定
2 予約：預約
4 約束：約定

18 1 ていねい

ていねい：有禮貌、恭敬

2 普通：普通
3 急：突然
4 ゆっくり：慢、不著急

19 3 しょうせつ

小説を読む：讀小說

1 映画を見る：看電影
2 テレビを見る：看電視
4 ゲームをやる：玩遊戲

20 1 だれも

だれも…ない：沒有人…

2 だれか：某人
3 だれの：誰的
4 だれと：和誰

21 4 そだてて

育てる：培育

1 呼ぶ：叫、叫來
2 生む：生產
3 遊ぶ：玩、玩耍

22 2 ようい

用意：準備

1 試合：比賽
3 用事：要做的事
4 紹介：介紹

23 2 いれた

いれる：沏、泡

1 する：做
3 建てる：建設、建造
4 焼く：燒、烤

24 3 べつ

別：另外

1 とき：時間、時候
2 いい：好的
4 いつ：什麼時候

25 2 いつか

いつか：總有一天

1 いつ：什麼時候
3 いつでも：無論何時
4 いつごろ：什麼時候

問題4

26 4 りんごより　いちごの　ほうが すきです。比起蘋果更喜歡草莓。

～ほど…ない：沒到～的程度

27 1 わたしは　びょういんで　はたらいて　います。我在醫院工作。

（に）つとめる：任職、工作

（で）働く：勞動、工作

2 （に）通う：來往、往返
3 待つ：等、等待
4 （に）向かう：前往、朝著

28 1 この　えの　しゃしんを　とりたいです。我想要拍這幅畫的照片。

（私に）撮らせてください＝（私が）撮りたい

請讓（我）拍＝（我）想拍

（あなたに）撮ってもらいたい＝（あなたに）撮ってほしい

想請（你）拍＝希望（你）來拍

29 2 これを　見ますか。要看這個嗎？

※「ごらんになる」是「見る（看）」的尊敬講法。

1 聞く（問）→お聞きになる

3 食べる（吃）→召し上がる

4 飲む（喝）→召し上がる

30 4 しゅくだいを　して　います。正在寫作業。

〜ているところ：正在…

1 終わる：結束

2 必ず：一定、必定

3 いまから：現在開始

問題5

31 2　となりの　へやから　こえが　聞こえます。聽到隔壁房間傳來聲音。

聞こえる：聽得到、能聽見

3 私の話を聞いてください。請聽我說。

4 一緒にラジオを聞きましょう。一起來聽廣播電台吧。

聞く：聽

32 1　あした　おたくに　うかがっても　いいですか。明天可以去府上拜訪嗎？

お宅：您家

2 私の家はとてもきれいです。我家非常乾淨。

家：家

4 新しいお部屋を探しています。我在找新的房間。

お部屋：屋子

33 1 でんしゃの　中で　さわがないでください。請不要在電車上吵鬧。

さわぐ：吵鬧、吵嚷

2 デパートでシャツを探しています。在百貨公司找襯衫。

探す：找

3 このポスターをかべに貼ってください。請把這張海報貼在牆上。

貼る：貼

4 このビルは10年前に建てられました。這棟大樓是在10年前建造的。

建てる：建設、建造

34 4 ぼくは　かのじょと　こうえんで　デートを　しました。我跟女友到公園約會。

デート：約會

35 2 兄は　どうぶつの　せわを　するのが　すきです。哥哥喜歡照顧動物。

世話：照料、照顧

1 わからなかったので、もう一度説明をしてください。我沒有聽懂，請你再解釋一次。

説明：說明

語言知識（文法）・讀解

◆ 文法

問題1

1 2 出かける

動詞辭書形（動詞辭書形）+ことがある：偶爾會發生～這種事

例 宿題をするのを忘れることがある。
我有忘記過要寫作業。

4 ～たことがある：過去發生的事或經驗

例 私はアメリカに行ったことがある。
我有去過美國。

2 1 いただきました

「～ていただく」是「～てもらう」的尊敬講法。

例 先生にレポートの書き方を教えていただきました。　我請老師教我怎麼寫報告。

3 1 でも

～でも：連～也～。第一個「～」會放入極端的例子

例 このビールはアルコールがないから、子どもでも飲めます。　這個啤酒沒有酒精，所以連小孩也能喝。

4 4 に

～にしましょう／しよう：提案（提議）

例 今日の晩ごはんはギョウザにしましょう。　今天的晚餐來吃煎餃吧。

5 4 たがる

～たがる：表達自己以外的人想做的事。

例 行きたがる　（他）想去
買いたがる　（他）想買

2 ～てほしい=～てもらいたい

例 手作りのお菓子を妹に食べてほしい。
我想要妹妹吃我親手做的點心。
（=手作りのお菓子を妹に食べてもらいたい。）
（=希望讓妹妹吃我親手做的點心。）

6 3 ように

動詞可能形（動詞可能形）+ように：為了可以～而～

例 一人でも海外で生活できるように、がんばって英語を勉強しています。　為了變得能夠一個人在國外生活，正在努力學英文。

1 動詞辭書形（動詞辭書形）+ために：為了［自分の意志で（自己的意願）］做某事。

例 やせるために、晩ごはんを食べないことにしました。　為了變瘦，決定晚餐什麼都不吃。

7 4 あとで

～あとで：…之後

例 電気を消したあとで、出かけます。　關燈之後就出門。

3 ～まえに：…之前

例 ごはんを食べるまえに、手を洗います。
吃飯之前要洗手。

8 4 かぶった

～たまま：表示狀態的持續

例 ドアを開けたまま、出かけてしまいました。　門開著，就出門了。

9 2 おいて

～ておく：為了某個目的，事先做什麼事情。

例 明日の会議で使う資料をコピーしておく。
事先影印明天開會要用的資料。

10 4 食べないで

～ないで：［狀態沒有產生變化］就做接下來的事。

例 夏休みに宿題をしないで毎日遊んでいて、父におこられた。　暑假不寫作業每天都在玩，就被爸爸罵了。

11 1 はじまっていました

～ていた：表示說這話時那個［動作］已經結束了。

例 会場に着いたら、コンサートが終わっていました。　抵達會場時演唱會已經結束了。

12 1 おこらせました

「おこらせる」是「おこる（生氣）」的使役形。

13 4 もらえませんか

～てもらえませんか：可以請你…嗎？

例 すみません、写真を撮ってもらえませんか。　不好意思，可以請你幫我拍照嗎？

□貸す：借出

□返す：歸還

14 3 も

助数詞（量詞）＋も：在［強調］數量多的時候使用。

例 姉は甘いものが大好きで、昨日ケーキを５つも食べた。　姐姐喜歡吃甜食，昨天甚至吃了五塊蛋糕。

□とうとう：終於

15 2 勉強させています

「させる」是「する（做）」的［使役形］。

問題２

16 2

実は、4彼女　1に　3別れて　2くれ　と言われたんだ。
其實4女友1對我3分手2要求。

「～てくれ（做～）」是「～てください（請做～）」的常體講法。

17 1

今日は　4さむい　2から　1手ぶくろを　3したら　どうですか。
今天4很冷2所以1手套3要不要戴。

～たらどうですか：跟對方提出［建議］的時候的講法。

18 3

ここでタバコを　2吸っては　1いけない　4という　3ことを　知っていますよね。

你知道菸2吸1不可以4這3事吧。

～という：表示［內容］。

19 4

じゃあ、ちょっと　3部屋　4まで　1見に　2行って　きます。
那麼，我3房間4到1看看2去一下。

～まで：表示［移動の終点（移動的終點）］。

20 2

日本語を　2たくさん　1話す　4ことができる　3クラス　はありますか。
有沒有日語2很多1講4能的3班級？

～ことができる：可以、能夠

問題(もんだい)3

21 3 は

は：是

例 田中(たなか)さんは日本人(にほんじん)です。　田中先生是日本人。

22 2 ばかり

～ばかり＝～だけ　盡是～＝只～

例 彼(かれ)は肉(にく)ばかり食(た)べる＝彼(かれ)は肉(にく)だけ食(た)べる
他盡是吃肉＝他只吃肉

23 1 行(い)かなくてもいいです

夏休(なつやす)みがはじまる→学校(がっこう)がお休(やす)み→学校(がっこう)に行(い)かなくてもいい
暑假開始→學校休息→不去學校也可以

～なくてもいい：不…也可以

24 4 遊(あそ)んだり

～たり～たりする：在幾個［行為］之中例舉幾個例子。

例 京都(きょうと)に行(い)ったとき、紅葉(こうよう)を見(み)たり、日本(にほん)茶(ちゃ)を飲(の)んだりしました。　去京都的時候有去賞紅葉、喝日本茶。

25 2 だから

だから：所以

1 そんなに：那麼（表示程度、數量）
2 たとえば：比如
3 けれども：然而、但是

第2回

文字・語彙

文法

讀解

聽解

試題中譯

◆ 讀解

問題4

(1) 26 3

美花へ

買い物に行ってきます。冷蔵庫の中に、ぶどうが入っているので、宿題が終わったら食べてください。ぶどうは、おばあちゃんが送ってくれました。あとで、一緒におばあちゃんに電話をかけましょう。

お母さんより

給美花

我去買東西。冰箱裡面有葡萄，寫完作業後再吃。葡萄是奶奶寄來的。等一下再一起打電話跟奶奶問好吧。

媽媽留

美花從學校回來後3（寫作業）→2（吃葡萄）

1 去買東西的是媽媽

4 電話等媽媽回來之後再打

(2) 27 3

この前、友達と一緒にラーメンを食べに行きました。ラーメンを食べようとしたとき、友達が「ちょっと待って！　まだ食べないで！」と言って、ラーメンの写真をたくさん撮っていました。**友達が写真を撮り終わったときには、温かいラーメンが冷めてしまって、おいしくなくなってしまいました**。最近、ごはんを食べる前に写真を撮る人が増えてきました。私は、料理は一番おいしいときに食べるべきだと思うので、そういうことをしないでほしいと思います。

不久前我跟朋友一起去吃拉麵。當我要吃拉麵的時候，朋友對我說「先等一下！還不要吃！」然後就拍了很多張拉麵的照片。**當朋友拍完照的時候，溫暖的拉麵已經冷掉，變得不好吃了**。最近在吃飯前會拍照的人開始變多了。我覺得料理應該要在最美味的時候吃才對，希望他們不要做這種事。

開動前拍照就無法在料理最美味的時候吃。

熟記單字及表現

□温かい：暖、溫暖　　□冷める：涼、變涼

□～べき：應該…

(3) 28 4

【インターネットで買われるお客様へ】

- ■ 送料は200円です。3,000円以上買うと、送料はかかりません。
- ■ 注文してから3日後に商品をお届けできます。
- ■ 注文した次の日にお届けするサービスをご利用される場合は、300円かかります。
- ■ メッセージカードをつける場合は、100円かかります。
- ■ 商品のキャンセルはできません。

【給使用網購服務的貴賓】

運費是200日圓。購物滿3000日圓以上就免運費。
訂購完畢3天後會將商品送達。
使用訂購完畢後隔天送達的服務需要支付300日圓。
要附贈賀卡的場合需要支付100日圓。
訂購的商品無法取消。

T恤2500日圓＋運費200日圓＋快速送貨服務費300日圓＋附贈賀卡服務費100日圓＝3100日圓

□送料：郵費、運費	□ただ：免費
□注文〈する〉：訂購、訂貨	□商品：商品
□届ける：送達	□サービス：服務
□場合：情況	□キャンセル：取消

(4) 29 3

私は、いつも車を運転するとき、歌を歌っています。でも、お母さんは、車を運転するときに歌を歌っていると、事故をおこしてしまうかもしれないから、やめたほうがいいと言っています。

1**車の中だったら歌を歌っても、あまりうるさくないし、とても楽しい気持ちになります**。でも、3**私は事故をおこさないように、気をつけている**し、2**一度も事故をおこしたことはない**ので、3**大丈夫だと思っています**。

我每次開車的時候都會唱歌。但是媽媽說開車時唱歌可能會引起交通事故，所以叫我不要唱歌比較好。

1**在車子裡的話就算唱歌也不會太吵，心情也會很愉快**。而且3**我都很小心地避免引起事故**，2**一次也沒有發生過車禍**，3**所以我覺得沒有問題**。

1　在車裡唱歌心情就會變愉快

3　○

2　沒有引起過交通事故

4　沒有說以後不會再唱歌了

第2回　文字・語彙　文法　讀解　聽解　試題中譯

□運転〈する〉：駕駛　□事故：事故
□おこす：引發、造成　□気をつける：小心、注意

問題5

30 4　**31** 3　**32** 1　**33** 4

山田さんの家族と私

アンナ

先週、私は山田さんの家に遊びに行きました。山田さんの家は、私のアパートから遠いので、電車とバスを使わなければなりません。私は、**30電車とバスを使うのが初めてなので、「もし、電車とバスを間違えたらどうしよう」と、とても心配でした**。私が山田さんに①そのことを伝えると、**31山田さんはお父さんに、アパートまで車で迎えに来てくれるようにお願いしてくれました**。山田さんのお父さんは、すぐに「②**もちろん、いいよ**」と言ってくれました。

山田さんの家に着くと、山田さんのお母さんと高校生の妹さんが迎えてくれました。私は山田さんの家族に国で買ってきたおみやげを渡して、「一緒に飲みましょう」と言いました。すると、③**みんなは少し困った顔をしました**。私が買ってきたおみやげは、ワインでした。私の国では、ワインを飲みながら、みんなでごはんを食べます。しかし、**32山田さんのお父さんとお母さんはお酒が飲めないし、山田さんと妹さんは、まだお酒を飲んではいけません**。**33私は「失敗した」と思いました**。おみやげを買うなら、(　　)と思いました。でも、山田さんの家族は、めずらしいワインだからうれしいと言ってよろこんでくれました。

そして、家族みんなで、たこ焼きを作って食べたり、ゲームをしたり、たくさん話をしたりしました。とても楽しい一日でした。

30　因為第一次搭乘電車跟公車所以擔心自己可能會搭錯車

31　山田先生的父親開車去接安娜小姐

32　山田先生的家人不喝葡萄酒

4　不能喝酒的只有山田先生跟他的妹妹

33　沒有事先問能不能喝酒就買了葡萄酒，所以覺得「搞砸了」

山田先生的家人與我

安娜

上週我去山田先生家玩。山田先生家距離我住的公寓很遠，所以必須要搭電車跟公車才能過去。因為我**30是第一次利用電車跟公車，所以擔心地想著「萬一搭錯電車跟公車該怎麼辦」**。我把①**這件事**告訴山田先生後**31山田先生就去拜託他的父親開車到我住的公寓來接我**。山田先生的父親立刻就說「②**當然可以啊**」。

抵達山田先生的家後，山田先生的母親跟他高中生的妹妹就來迎接我了。我把在祖國買的伴手禮交給山田先生的家人並說「這個大家一起喝吧」。於是③**大家的表情就顯得有些困擾了**。我買的伴手禮是葡萄酒。在我的國家大家會一邊喝葡萄酒一邊吃飯。但是**32山田先生的父親跟母親不喝酒，山田先生跟他的妹妹也還不能喝酒**。**33我當下覺得「搞砸了」**。既然要買伴手禮，早知道（　　　）。但是山田先生的家人卻對我說很高興收到少見的葡萄酒。

然後我跟他的家人就一起做章魚燒一起吃、一起玩遊戲，聊了非常多的事。真的是非常快樂的一天。

★熟記單字及表現

□間違える：弄錯	□心配：擔心
□伝える：傳達、告訴	□迎える：迎接
□もちろん：當然	□困る：為難
□失敗：失敗	□めずらしい：罕見、珍貴

問題6

34 2　　**35** 1

あおぞら大学図書館のご利用について

● 利用できる人

あおぞら大学の大学生・留学生・先生

あおぞら市内にあるさくら大学・うみの大学の大学生・留学生・先生

● 利用時間

月曜日～金曜日　8：30～20：00

土曜日　9：00～17：00

● 利用方法

あおぞら大学の大学生・留学生・先生が図書館を利用するときは、大学からもらった利用カードを使ってください。

34あおぞら大学ではない大学の大学生・留学生・先生が、初めて図書館を利用するときは、受付で利用カードを作ってください。

34　李先生不是藍天大學的留學生，所以第一次去圖書館的時候首先必須去櫃檯辦理使用卡

● 借りるとき

借りたい本やCDなどと利用カードを一緒に受付に出してください。

本は2週間借りることができます。

CD、DVDは1週間借りることができます。

● 返すとき

返す本やCDなどを受付に返してください。

図書館が閉まっているときは、入口の前にある返却ボックスに入れてください。

35**CD、DVDは返却ボックスに入れないで、必ず受付に返してください**。

● 注意

本をコピーするときは、コピー申込書を書いて、受付に出してください。

図書館の本を汚したり、なくしたりした場合は、必ず図書館に連絡してください。

あおぞら大学図書館

35 CD必須拿到櫃檯歸還。圖書館禮拜天休息所以只能在其他日子歸還

藍天大學圖書館的使用規定

●可以使用的人

藍天大學的大學生、留學生、老師

位於藍天市內的櫻花大學、海野大學的大學生、留學生、老師

●使用時段

禮拜一～禮拜五　8：30～20：00

禮拜六　9：00～17：00

●使用方法

藍天大學的大學生、留學生、老師要使用圖書館的時候請使用從大學給的使用卡。

34**藍天大學以外的大學的大學生、留學生、老師，在第一次使用圖書館的時候請至櫃檯辦理使用卡**。

●借閱時

請把想借閱的書本或CD跟使用卡一起交給櫃檯。

書本可以借閱2週。

CD、DVD可以借閱1週。

●歸還時

歸還的書本或CD請拿到櫃檯歸還。

圖書館關門的時候請放進入口前面的歸還箱。

35**CD、DVD不能放進歸還箱，一定要拿到櫃檯歸還**。

●注意

影印書本的時候請填寫影印申請書然後交到櫃檯。

弄髒圖書館的書本或遺失的時候請一定要連絡圖書館。

藍天大學圖書館

熟記單字及表現

□市内（しない）：市內

□返却（へんきゃく）：返還、歸還

□注意（ちゅうい）：注意

□申込書（もうしこみしょ）：申請書

□汚（よご）す：弄髒

□連絡（れんらく）〈する〉：聯繫

聽解

問題1

例　4

N4_2_03

女の人と男の人が電話で話しています。女の人はこのあとまず何をしますか。

F：もしもし。今、駅前の郵便局の前にいるんだけど、ここからどうやって行けばいいかな？

M：郵便局か。そこから大きな茶色いビルは見える？

F：うん、見えるよ。

M：信号を渡って、そのビルの方へ歩いてきて。ビルの横の道を2分くらい歩くとコンビニがあるから、その前で待っていて。そこまで迎えに行くよ。

F：うん、わかった。ありがとう。

M：うん、じゃあまたあとで。

女の人はこのあとまず何をしますか。

女性跟男性在講電話。女性等一下第一件事要做什麼？

女：喂喂。我現在人在車站前的郵局前面，接下來我該怎麼走？
男：郵局啊。從那裡看得到一棟茶色大樓嗎？
女：嗯，看得到喔。
男：過馬路朝著那棟大樓走過來。然後走大樓旁邊的路走個兩分鐘有間超商，在超商前等我。我走到那裡接妳。
女：嗯，我知道了。謝謝。
男：好，那麼待會兒見。

女性等一下第一件事要做什麼？

第1題　2

N4_2_04

病院で女の人と医者が話しています。女の人は、何をしてはいけませんか。

F：先生、今日は仕事に行ってもいいでしょうか。

M：**1仕事は、まあ、いいでしょう。**会社まではどうやって行きますか。

F：自転車です。

M：**3まだ怪我が治っていないので、タクシーを使ったほうがいいでしょう。2怪我が治ったら、自転車に乗ってもいいですが、治るまではやめてください。**

F：あのう、お風呂は？

M：**4お風呂はいつも通りでいいですよ。**

F：わかりました。ありがとうございました。

M：おだいじに。

女の人は、何をしてはいけませんか。

女性在醫院跟醫生講話。女性不可以做什麼事？

女：醫生，今天我可以去上班嗎。
男：**1上班，好吧，可以**。請問妳用什麼方式去公司？
女：騎腳踏車。
男：**3妳的傷還沒有好，改搭計程車吧**。**2等到傷好了就可以騎腳踏車，但是那之前請不要騎腳踏車**。
女：請問洗澡呢？
男：**4可以照常洗澡喔**。
女：我明白了。謝謝醫生。
男：請保重。

女性不可以做什麼事？

1　可以去上班

3　在傷好之前要改搭計程車

2　在傷好之前不可以騎腳踏車○

4　可以洗澡

★熟記單字及表現

□どうやって：怎樣、如何
□怪我：傷、受傷
□治る：痊癒
□いつも通り：照常、和平時一樣
□おだいじに：請多保重

第2題　2

N4_2_05

お店の人と、男の人が話しています。男の人はいくら払いますか。

F：いらっしゃいませ。この棚にあるネクタイは3本で1,000円です。

M：へえ、安いですね。このネクタイも3本1,000円で買えますか。

F：いえ、こちらのネクタイは1本2,000円です。ですが、もう一つ2,000円のネクタイを買うと、50%お安くなります。

M：え、**ということは、ネクタイが1本無料になるということですか？**

F：はい。とてもお得ですよ。

M：じゃあ、これください。

男の人はいくら払いますか。

店員跟男性在講話。男性要付多少錢？

女：歡迎光臨。這個架子上的領帶3條只要1000日圓。
男：嘿，很便宜呢。這條領帶也是3條算1000日圓嗎？
女：不，這邊的領帶是1條2000日圓。不過只要再買一條2000日圓的領帶就會打五折。
男：咦，**也就是說有1條領帶算免費嗎**？
女：是的。非常划算喔。
男：那麼請給我這個。

男性要付多少錢？

1條變成免費＝2條算2000日圓

熟記單字及表現

□払う：支付
□無料：免費
□お得：合算、有賺頭

第3題　4

🔊 N4_2_06

女の人と男の人が話しています。女の人は、今からどこに行きますか。

F：財布にお金が入っていないから、郵便局に行ってくるね。

M：ATM行くんだろう？　ほら、あそこに銀行があるでしょ？そこに行けば？

F：そうね。あれ？「本日はメンテナンスのため、ATMがご利用できません」って書いてある。もう、ついてないな。

M：でも郵便局は遠すぎるよ。コンビニのほうがいいと思うよ。

F：私、コンビニのATMを使ったことがないから、よくわからないよ。

M：使い方は簡単だよ。郵便局のATMと同じだよ。

F：あ、大変！**カードを家に忘れちゃった。取りに行かなきゃ。**

沒有信用卡就不能用ATM，所以首先要回家拿信用卡。

M：仕方ないな。じゃあ、ここで待ってるよ。

女の人は、今からどこに行きますか。

女性跟男性在講話。女性現在要去哪裡？

女：錢包沒有錢了，我去一趟郵局喔。
男：要去ATM是吧？妳看，那裡有銀行吧？去哪裡吧？
女：也好呢。咦？上面寫「本日要進行維修，不能使用ATM」。討厭，真不走運。
男：但是郵局太遠了。我覺得去超商好了。
女：我沒有用過超商的ATM，不知道怎麼用。
男：用法很簡單啦。跟郵局的ATM一樣。
女：啊，糟糕！**我把信用卡忘在家裡了。得回去拿才行**。
男：那就沒轍了。那我在等妳喔。

女性現在要去哪裡？

熟記單字及表現

□メンテナンス：維護
□利用〈する〉：利用
□ついていない：不走運、倒楣
□簡単：簡單
□仕方ない：沒辦法、無可奈何

第4題　3

N4_2_07

学校で先生が話しています。学生は何を持っていかなければなりませんか。

M：みなさん、明日はパン工場に見学に行きます。明日は、電車に乗って行きますから、時間に遅れないようにしてください。ア**電車代は学校が払いますから、お金は必要ありません**。工場に着いたら、工場の人からお話を聞きます。そしてお昼は、できたばかりのパンを食べさせてくださるそうです。パンをいただくので、イ**お弁当はいりませんが**、ウ**お茶は用意してください**。エ**工場見学ですから教科書は持ってこなくてもいいですが**、オ**今日の宿題は忘れずに持ってきてくださいね**。

学生は何を持っていかなければなりませんか。

老師在學校講話。學生必須帶什麼東西？

男：各位同學，明天我們要去參觀麵包工廠。由於明天要搭電車過去，所以請不要遲到。ア**車票錢由學校支付，所以不需要付錢**。抵達工廠後要聽工廠人員的解說。然後午餐聽說工廠會讓我們享用剛出爐的麵包。因為有麵包吃所以イ**不用帶便當**，ウ**但是請自備茶水**。雖然エ**去工廠參觀不用帶教科書**，オ**不過各位別忘了要帶今天出的作業喔**。

學生必須帶什麼東西？

ア　不用帶錢
イ　不用帶便當
エ　不用帶教科書
ウ　要帶茶水
オ　要帶作業

熟記單字及表現

□工場：工廠
□見学：參觀學習
□遅れる：晚、遲到
□電車代：電車費用
□払う：支付
□必要：必要、需要
□用意〈する〉：準備
□忘れる：忘記

第5題　3

N4_2_08

会社で女の人と男の人が話しています。女の人はどこにパソコンを置きますか。

F：部長、新しいパソコンが届きました。

M：じゃあ、棚のところに置いといてくれるかな？

F：棚はほかの荷物でいっぱいで、どこにも置く場所がないですね…。

M：それはぼくが使うつもりだから、ぼくの机の下に置いといて。

F：机の下だと汚れちゃいますね。棚のとなりにあるテーブルの上に何も置いていないから、そこに置きましょうか。

M：うーん、**すぐ使うから、ぼくの机の上でいいよ。**

F：はい、わかりました。

女の人はどこにパソコンを置きますか。

女性跟男性在公司講話。女性要把電腦放在哪裡？

女：部長，新的電腦送來了。
男：可以先幫我放在架子上嗎？
女：架子上已經放滿其他東西，沒有空位可以放了…。
男：那個電腦是我要用的，所以就放我的辦公桌下面吧。
女：放辦公桌下面會弄髒喔。架子旁邊的桌子上沒有放任何東西，就放在那裡吧。
男：嗯～**我馬上就會用，放在我的辦公桌上就行了**。
女：好的，我明白了。

女性要把電腦放在哪裡？

把電腦放在辦公桌上。

放辦公桌上就行了＝請放在辦公桌上面

熟記單字及表現

□届く：送達、收到
□棚：架子
□いっぱい：滿滿的
□～つもり：打算…
□汚れる：髒、變髒

第6題　3

N4_2_09

男の人が話しています。朝ごはんを食べたい人は何時にレストランに行きますか。

M：ホテルについてご説明いたします。ホテルには温泉がございます。**1温泉は朝5時から夜11時までご利用いただけますが、2昼2時から4時までは、掃除をする時間**なので入ることはできません。お食事は2階のレストランで召し上がってください。**3朝は6時から10時まで**、**4夜は4時から10時まで**です。お昼はやっておりませんので、ご注意ください。

朝ごはんを食べたい人は何時にレストランに行きますか。

男性在講話。想吃早餐的人要幾點去餐廳？

男：我來為各位說明這家飯店。飯店內有溫泉設施。**1溫泉從早上5點至晚上11點都可以使用**，**2但是中午2點到4點是清潔時段**所以不能進去。用餐請到2樓的餐廳。**3早上的時段是6點到10點**，**4晚上則是下午4點到10點**。請注意餐廳並沒有提供午餐。

想吃早餐的人要幾點去餐廳？

1　早上5點～晚上11點：可以泡溫泉的時間

2　中午2點～下午4點：清潔溫泉設施的時間

3　早上6點～早上10點：提供早餐的時間

4　下午4點～晚上10點：提供晚餐的時間

★熟記單字及表現

□説明〈する〉：說明　　□利用〈する〉：利用

□掃除〈する〉：掃除、打掃　　□召し上がる：吃、喝

□注意〈する〉：注意

第7題　4

N4_2_10

会社で女の人と男の人が話しています。男の人は、だれを手伝いますか。

F：今日は山本さんがお休みだから、片付けを手伝ってほしいんだけど。石田くん、今、お願いできる？

M：すみません、今ちょうど、社長から電話がかかってきて、これから出かけるんです。

F：そうか。じゃあ、片付けは林くんに手伝ってもらう。

M：すみません。**3時ごろに戻るので、そのあとなら時間があります。**

F：そう？　じゃあ、**午後、大野さんが荷物をたくさん送るって言っていたから、それを一緒にやってもらっていい？**

3點會回來所以跟大野先生一起去送包裹。

～てもらっていい＝～てもらえますか（可以請你幫我～）

M：わかりました。では、行ってきます。

男の人は、だれを手伝いますか。

女性跟男性在公司講話。男性要去幫誰的忙？

女：今天山本先生請假，我想請你整理東西。石田，現在可以拜託你嗎？
男：不好意思，我剛好接到社長打來的電話，等一下就要出去了。
女：這樣啊。那麼整理的工作就找林幫忙吧。
男：不好意思。**我大約3點就回來了，那之後就有時間能幫忙**。
女：是嗎？那麼**大野先生說下午要送很多包裹，可以請你幫忙跟他一起去送嗎**？
男：我明白了。那麼我出發了。

男性要去幫誰的忙？

熟記單字及表現

□手伝う：幫忙
□～てほしい：希望某人…
□今ちょうど：剛剛
□戻る：返回

第8題　2

N4_2_11

天気予報を見て、女の人と男の人が話しています。女の人は、これからどこへ行きますか。

F：今日は久しぶりに晴れたね。

M：天気予報では午後から雨って言ってるけど。

F：本当に？ これから買い物に行こうと思ってたんだけど、雨が降るならやめようかな。

M：買い物なら、建物の中だから、雨が降っても大丈夫じゃない？

F：うーん、買ったものがぬれるといやだから、**1ネットで買うことにするよ**。**2晴れているうちに、自転車を直しに行ってくるよ**。壊れちゃったんだよね。

M：あ、あの図書館のとなりの店？

F：うん、じゃあ行ってきます。

女の人は、これからどこへ行きますか。

1　決定買東西不去百貨公司，而是在網路上買。

2　因為下午會下雨所以在下雨前把自行車拿去修。

～うちに：趁著…

看了氣象預報，女性跟男性正在講話。女性接下來要去哪裡？

女：今天是隔了很久的晴天呢。
男：氣象預報說下午會下雨耶。
女：真的嗎？還想說等一下出門買東西的，既然會下雨那還是算了吧。
男：買東西是在建築物裡面，就算下雨也不會影響吧？
女：嗯～可是我不喜歡買的東西被雨淋濕，**1還是在網路上買好了**。**2趁著天氣晴朗，我把自行車拿去修好了**。已經壞掉了呢。
男：啊，要去那間圖書館旁邊的店？
女：是啊，那麼我出門了。

女性接下來要去哪裡？

熟記單字及表現

□久しぶりに：隔了很久
□建物：建築物
□直す：修理
□晴れる：晴、放晴
□ぬれる：濕、濕潤
□壊れる：壞

問題2

例　4

N4_2_13

女の人と男の人が話しています。女の人は、結婚式で何を着ますか。

F：明日の友だちの結婚式、楽しみだな。

M：そうだね。何を着るか決めたの？

F：本当は着物を着たいんだけど、一人じゃ着られないし、動きにくいんだよね。

M：そうだね。

F：それで、このピンクのドレスにしようと思ってるんだけど、どうかな。

M：うーん、これだけだと寒いと思うよ。

F：そうかな。じゃあ、この黒いドレスはどう？　これは寒くないよね。

M：そうだけど、短すぎない？

F：そう？　短いほうがおしゃれでしょう。決めた。これにする。

女の人は、結婚式で何を着ますか。

女性跟男性在講話。女性要穿什麼參加婚禮？

女：真期待明天朋友的婚禮呢。
男：是啊。妳決定好要穿什麼了嗎？
女：其實我很想穿和服的，但是一個人穿不了，而且很難行動呢。
男：是啊。
女：所以我想說穿粉紅色的禮服，你覺得呢。
男：嗯～我覺得只穿那件會冷喔。
女：這樣啊。那這件黑色的呢？這件就不會冷了。
男：是沒錯，但不會太短了嗎？
女：是嗎？短一點比較時髦吧。決定了。就穿這件。

女性要穿什麼去婚禮？

第1題　1

N4_2_14

公園で、男の人と女の人が話しています。子どものとき、男の人は何をして遊んでいましたか。

M：なつかしいな。子どものとき、よくこの公園で遊んだものだよ。

F：何して遊んでたの？

M：**毎日のように友だちと野球していたな**。今は、野球やサッカーはしちゃいけないみたいだけど。

F：ボールが飛んできたら危ないもんね。

M：でもバスケットボールはやってもいいんだって。

F：へえ、そうなんだ。

M：最近、公園に池ができて、魚つりができるようになったんだよ。いつか子どもができたら、この公園で一緒に遊びたいな。

子どものとき、男の人は何をして遊んでいましたか。

毎日のように：幾乎每天

男性跟女性在公園講話。小時候男性都在玩什麼？

男：好懷念喔。我小時候常來這座公園玩呢。
女：你都玩些什麼？
男：**幾乎每天都跟朋友打棒球呢**。雖然現在這裡似乎不能打棒球或踢足球了。
女：畢竟球飛過來很危險呢。
男：但是聽說可以打籃球。
女：嘿～是這樣啊。
男：最近公園建了池塘，開始可以釣魚了。如果將來有了小孩，很想跟他一起來這座公園玩呢。

男性小時候都在玩些什麼？

熟記單字及表現

□なつかしい：懷念
□サッカー：足球
□バスケットボール：籃球
□野球：棒球
□ボール：球
□魚つり：釣魚

第2題　4

N4_2_15

会社で女の人が社長の一週間のスケジュールについて話しています。社長が空港に行くのは何曜日ですか。

F：社長、今週一週間のスケジュールを確認します。月曜日は一日ずっと会議があります。火曜日と水曜日は大阪出張です。大阪行きの新幹線はもう予約してあります。木曜日の午前中は、テレビのインタビュー、午後からホテルでパーティーがあります。**金曜日はアメリカからお客様がいらっしゃいます。空港でお客様をお迎えして**、会議をしたあと、日本料理のレストランでお食事をします。

社長が空港に行くのは何曜日ですか。

女性在公司為社長說明這一週的行程。社長是禮拜幾要去機場？

女：社長，跟您確認這一週的行程。禮拜一一整天都排滿了會議。禮拜二跟禮拜三要去大阪出差。已經為您預約了開往大阪的新幹線。禮拜四上午有電視台的採訪，下午要到飯店出席晚會。**禮拜五有美國的客戶要過來拜訪。到機場迎接客戶**，開完會之後到日本料理餐廳用餐。

社長是禮拜幾要去機場？

禮拜五要去機場迎接美國的客户。

禮拜一一整天要開會。

禮拜三要搭新幹線去大阪出差。

禮拜四有採訪跟晚會。

熟記單字及表現

□スケジュール：日程
□ずっと：一直、始終
□～行き：開往…
□インタビュー：採訪
□食事：吃飯、用餐
□確認〈する〉：確認
□出張：出差
□予約〈する〉：預約
□迎える：迎接

第3題　1

N4_2_16

女の人と男の人が話しています。二人はレストランまでどうやって行きますか。

F：ねえ、このレストラン、駐車場がないから、車で来ないでくださいって。

M：じゃあ、電車で行く？

F：うーん。でも駅からレストランまでけっこう遠いんだよ。歩いて20分くらいかかるみたい。

M：どうする？　タクシーで行く？

F：あ、でもレストランの近くに駐車場があるみたい。

M：本当だ。**車を1時間止めたら、300円払わないといけないけど、しかたない。**

二人はレストランまでどうやって行きますか。

女性跟男性在講話。兩人要怎麼去餐廳？

女：哎，這家餐廳因為沒有停車場，所以請客人不要開車過來。
男：那要搭電車去嗎？
女：嗚～嗯。可是從車站到餐廳挺遠的耶。走路好像要花20分鐘左右。
男：怎麼辦？搭計程車去？
女：啊，不過餐廳附近好像有停車場。
男：真的耶。**雖然車子停1小時必須花300日圓，但是也沒辦法了**。

兩人要怎麼去餐廳？

雖然必須付錢，還是決定把車停在餐廳附近的停車場。

しかたない：沒辦法、無可奈何

熟記單字及表現

□どうやって：怎樣、如何
□駐車場：停車場
□止める：停
□払う：支付

第2回　文字・語彙　文法　讀解　聽解　試題中譯

第4題　2

N4_2_17

ニュースでアナウンサーが話しています。どうして運転手は事故を起こしてしまいましたか。

M：夜10時ごろ、コンビニの前で車と人がぶつかる事故がありました。この道は、いつもは車が多いですが、**1この時間は車はほとんど走っていませんでした**。事故を起こした運転手は、**2いきなり人が道路に飛び出してきて、ぶつかった**と言っています。車にぶつかった人は、「コンビニに行くために道を渡ろうとした。**3携帯電話を見ていたので**、**4車に気がつかなかった**」と言っています。

どうして運転手は事故を起こしてしまいましたか。

新聞台的播報員正在講話。為什麼駕駛會引起交通事故？

男：晚間10點左右，一家超商門前發生一起人車相撞的事故。這條路雖然平時有很多車子來往，**1但是這個時段卻幾乎沒有車子經過**。引起事故的駕駛**2表示當時突然有人衝到馬路上才會相撞**。撞到車子的人則表示「當時我正要過馬路去超商。**3因為在看手機**，**4所以沒注意到有車子**」。

為什麼駕駛會引起交通事故？

1　幾乎沒有車子

2　○

3　當時在看手機的不是駕駛

4　沒有注意到有車的人不是駕駛

熟記單字及表現

□アナウンサー：播音員
□運転手：司機
□ぶつかる：碰、撞
□いきなり：突然
□道路：道路
□飛び出す：闖出、突然出現
□（に）気がつく／気づく：發覺、注意到

第5題　3

🔊 N4_2_18

学校で女の人と男の人が話しています。男の人はどれくらい英語を勉強していますか。

F：木村くん、最近すごく英語が上手になったね。先生がすごくほめていたよ。

M：ありがとう。最近英語レッスンに通い始めたんだ。

F：そうなんだ。毎日？

M：ううん、**毎週月曜日と水曜日の２回だけだよ**。

F：それだけで、英語が上手になるの？　私も英語レッスンに通おうかな。

M：あと、**毎週金曜日に留学生と英語を使って話をするレッスンがあるんだ**。そのレッスンに行くと、すごく勉強になるよ。今度一緒に行ってみない？　楽しいよ。

F：本当？　ぜひ行ってみたい。

男の人はどれくらい英語を勉強していますか。

女性跟男性在學校講話。男性花多少功夫去學英文？

女：木村你最近英文變得很好耶。老師對你是極力稱讚。
男：謝謝。我最近開始去上英文課了。
女：是這樣啊。每天？
男：不，**只有禮拜一跟禮拜三，每週兩次而已**。
女：光是這樣英文就能變好嗎？那我要不要也去上英文課呢。
男：另外**每週五還有跟留學生用英文對話的課程**。參加那個對學習有很大的幫助。下次要不要一起去？很開心喔。
女：真的？我一定要去看看。

男性花多少功夫去學英文？

禮拜一、禮拜三：英文課

禮拜五：跟留學生用英文對話的課程

熟記單字及表現

□ほめる：誇獎、表揚
□レッスン：課程
□通う：來往、往返
□ぜひ：務必、一定

第6題　3

N4_2_19

男の人と女の人が話しています。だれが車を運転しますか。

M：今日は暑いなあ。ビールでも飲みに行こうよ。料理もビールもおいしいお店があるんだ。

F：お店までどうやって行くの？

M：車で行くのが一番いいと思うよ。

F：待って。車を運転するときは、お酒は飲んじゃいけないから、車で行くのはやめましょう。

M：それもそうだね。じゃあ、今日はやめておく？

F：でも、お店でおいしいごはんが食べたいな。私は今夜、飲まないことにするから、行きましょう。

M：ありがとう。**行くときはぼくが運転するから、帰りは君に運転をお願いするよ。**

だれが車を運転しますか。

因為男性要喝酒，所以回程時不能開車。於是回程時由沒有喝酒的女性來開車。

男性跟女性在講話。請問誰要開車？

男：今天好熱喔。去喝啤酒吧。我知道一家料理跟啤酒都很美味的店。
女：要怎麼去那家店？
男：我覺得最好的方式是開車去。
女：等等。開車的時候不可以喝酒，還是別開車吧。
男：說的也是呢。那今天就別去了吧？
女：可是我想去餐廳吃好吃的料理呢。我決定今晚不喝酒了，走吧。
男：謝謝妳。**去的時候我來開，回程就麻煩妳來開車喔**。

請問誰要開車？

熟記單字及表現

□運転〈する〉：駕駛
□どうやって：怎樣、如何
□やめる：停止、放棄
□今夜：今晚
□ぼく：我（男子的自稱）
□帰り：回來時、歸途
□君：你

第7題　2

🔊 N4_2_20

電話で女の人と男の人が話しています。男の人は今どこにいますか。

F：もしもし？　私、今駅に着いたんだけど、もう着いている？

M：ごめんごめん、**実はまだ家でさ…**。 —— 還在家裡。

F：え？　どうして？　もしかして寝坊したの？

M：違うよ。朝友だちから電話がかかってきて、急にお腹が痛くなったから、病院に一緒に行ってくれないかって頼まれたんだ。急いで友だちの家に行って、それから友だちを病院に連れていって、さっき帰ってきたところ。

F：え、それで友だちは大丈夫だったの？

M：病院に行ったから、もう大丈夫だよ。今から急いでそっちに行くね。

男の人は今どこにいますか。

女性跟男性在講電話。男性現在人在哪裡？

女：喂？我現在到車站了，你到了嗎？
男：抱歉抱歉，**其實我還在家…**。
女：咦？為什麼？難道你睡過頭了？
男：不是啦。早上我朋友打電話過來說他突然肚子痛，拜託我跟他一起去醫院。所以我趕緊去朋友家然後就帶朋友去了醫院，剛剛才回來。
女：咦，那麼你的朋友沒事吧？
男：他去了醫院，所以已經沒事了。我現在馬上趕去妳那邊。

男性現在人在哪裡？

熟記單字及表現

□寝坊〈する〉：睡懶覺
□急に：突然
□急ぐ：加快、趕緊
□連れていく：帶著去

問題3

例　1

N4_2_22

友だちに借りた本にアイスクリームを落としてしまいました。何と言いますか。

F：1　本を汚してしまって、ごめんね。
　　2　本が汚れそうで、ごめんね。
　　3　本が汚れたみたいで、ごめんね。

不小心把冰淇淋滴到跟朋友借的書了。這時候要說什麼？

女：1　不小心弄髒你的書了，對不起。
　　2　書感覺會髒掉，對不起。
　　3　書好像變髒了，對不起。

第1題　1

N4_2_23

家に荷物を忘れてしまいました。荷物を家に取りに帰ります。何と言いますか。

M：1　今から取ってきます。
　　2　今から取っておきます。
　　3　今から取ってしまいます。

把東西忘在家裡了。現在要回家裡拿東西。這時候要說什麼？

男：1　我現在去拿。
　　2　我現在去拿著放著。
　　3　我現在就去拿完。

取ってくる：去拿然後回來

第2題　3

N4_2_24

子どもがたくさんお菓子を食べています。歯が痛いと言っています。何と言いますか。

F：1　歯が痛くなるはずがないよ。
　　2　お菓子を食べてもかまわないよ。
　　3　お菓子ばかり食べているからだよ。

孩子正在吃大量的糖果。孩子說牙齒痛。這時候要說什麼？

女：1　牙齒不可能會痛。
　　2　吃糖果也沒關係喔。
　　3　因為你一直吃糖果才會這樣。

～ばかり＝～だけ（～盡是）

第3題　2

N4_2_25

顔を洗っています。タオルがありません。何と言いますか。

M：1　タオルです。どうぞ。
　　2　タオル、取ってくれない？
　　3　タオル、使ってみるね。

男性正在洗臉。沒有毛巾。這時候要說什麼？

男：1　這是毛巾。請用。
　　2　可以幫我拿毛巾嗎？
　　3　我試試這條毛巾。

「～てくれない？」是「～てくれませんか？」比較隨興的講法。

第4題　1

N4_2_26

靴が小さくて、はけません。何と言いますか。

M：1　もう少し大きいのはありますか。

2　もう少し大きくしましょうか。

3　もう少し大きくしてもいいですか。

鞋子很小穿不下。這時候要說什麼？
男：1　有沒有稍微大一點的？
2　把它稍微變大一點吧。
3　我可以把它稍微變大一點嗎？

大きいの＝大的＝大鞋子

第5題　3

N4_2_27

お菓子が置いてあります。食べたいです。何と言いますか。

F：1　お菓子を食べたらどうですか。

2　とてもおいしいですね。

3　食べてもいいですか。

這裡放了零食。女性想吃。這時候要說什麼？
女：1　要不要來吃零食？
2　很好吃呢。
3　請問我可以吃嗎？

「～てもいいですか」在詢問可不可以做什麼的時候使用。

問題4

例　1

N4_2_29

M：おみやげのお菓子です。ひとつどうぞ。

F：1　わあ、いただきます。

2　いえ、どういたしまして。

3　たくさん食べてくださいね。

男：這是我買的伴手禮零食。請吃一個。
女：1　哇啊，我不客氣了。
2　哪裡，不客氣。
3　請多吃一點喔。

第1題　2

N4_2_30

F：昨日、赤ちゃんが生まれたそうですね。

M：1　おめでとうございます。

2　はい、おかげさまで。

3　えっ、本当ですか。

女：聽說昨天孩子出生了呢。
男：1　真是恭喜。
2　是啊，託您的福。
3　咦，真的嗎？

おかげさまで：托您的福

第2題　2

N4_2_31

F: 明日はどこで待ち合わせしようか。

M: 1　10時に会いましょう。

2　デパートの前はどうですか。

3　明日はお母さんと会うつもりです。

女：明天要在哪裡見面？
男：1　約10點見面吧。
2　在百貨公司前面如何？
3　我明天要去見我的母親。

どこで→デパートの前で
在哪裡→在百貨公司前面

1 何時に→10時に　幾點→約10點

2 だれと→お母さんと　跟誰→跟媽媽

熟記單字及表現

□待ち合わせ：見面、碰頭

第3題　3

N4_2_32

F: 何を召し上がりますか。

M: 1　山田太郎と申します。

2　教室にいらっしゃいますよ。

3　コーヒーとケーキをお願いします。

女：請問要吃什麼呢？
男：1　我叫做山田太郎。
2　他在教室喔。
3　我要點咖啡跟蛋糕。

「召し上がる」是「食べる（吃）／飲む（喝）」的禮貌講法。

第4題　1

N4_2_33

M: お客様、申し訳ありませんが、今日は予約がいっぱいなんです。

F: 1　そうですか、残念ですね。

2　いっぱいごはんを食べようと思います。

3　私が予約をしておきました。

男：這位客人，非常不好意思，今天的座位預約已經滿了。
女：1　這樣子啊，真遺憾。
2　我想要大吃一頓。
3　我已經事先預約了。

予約がいっぱい：預約滿了＝沒辦法預約

熟記單字及表現

□いっぱい：滿滿的
□残念：遺憾、可惜

第5題　3

N4_2_34

M: 今度一緒に遊びに行こうよ。

F: 1　一度遊んだことがあるよ。

2　遊んだかどうかわからないよ。

3　いいね、いつがいいかな？

男：下次一起去玩吧。
女：1　我曾經玩過喔。
2　我不清楚有沒有玩。
3　好耶，要挑什麼時候？

第6題　1

N4_2_35

M：ここには座らないでください。

F：1　あ、すみません。

2　座っても、大丈夫です。

3　ううん、気にしないで。

男：請不要坐在這裡。
女：1　啊，不好意思。
2　可以坐這裡，沒關係。
3　沒關係，別在意。

3 気にしないで：別在意

第7題　2

N4_2_36

F：この料理はどうやって作るんですか。

M：1　私のお母さんです。

2　野菜を切って、玉子と一緒に焼くだけです。

3　みんなが好きな料理だからです。

女：這道料理是怎麼做的？
男：1　是我媽媽。
2　只要把蔬菜切好然後跟雞蛋一起烤。
3　因為這是大家喜愛的料理。

どうやって：怎樣、如何

第8題　3

N4_2_37

M：いつから留学するつもりですか。

F：1　東京の大学に留学しようと思っています。

2　日本語が上手になりたいからです。

3　来年の春からです。

男：妳打算什麼時候去留學？
女：1　我想要去東京的大學留學。
2　因為我想變得很會講日語。
3　明年春天開始。

いつから：什麼時候開始

第2回

語言知識（文字・語彙）

問題1

例題　這顆蘋果非常甜。
1　紅　2　甜　3　藍　4　粗糙

1 脫掉的外套請掛在這裡。
1　植木　2　外遇　3　外套　4　×

2 請更用力壓。
1　高的　2　低的
3　用力　4　輕輕的

3 不好意思，請給我一張郵票。
1　請來　2　郵票　3　車票　4　×

4 請朋友幫我畫了地圖。
1　×　2　×　3　×　4　地圖

5 用跑的去車站。
1　×　2　×　3　跑　4　登

6 昨天去了有名的麵包店。
1　店　2　×
3　×　4　店家×

7 聽不到電視的聲音。
1　聲音　2　說話聲
3　歌　4　曲

8 有事情要辦，不能參加派對。
1　工作　2　×　3　樣子　4　事情

9 我想聽聽你的意見。
1　意見　2　意義　3　意思　4　異常

問題2　請從選項1・2・3・4中，選出____的詞語最正確的漢字。

（例題）　桌上有隻貓。
1　上　2　下　3　左　4　右

10 我想要學彈鋼琴。
1　×　2　×　3　學習　4　×

11 請告訴我你遲到的理由。
1　理由　2　自由　3　×　4　事由

12 王先生的日文發音很清楚。
1　×　2　×　3　×　4　發音

13 比賽因為下雨而中止了。
1　×　2　×　3　×　4　中止

14 那隻鳥的叫聲很好聽。
1　書　2　島　3　鳥　4　事

15 生日那天從父親那裡收到時鐘。
1　時鐘　2　×　3　×　4　×

問題3　（　）該放入什麼字？請從1・2・3・4中選出最適合的選項。

例題　這個零食（　）太好吃。
1　非常　2　一點點
3　不　4　稍微

16 公園裡（　）很多人。
1　停了　2　決定了
3　聚集了　4　收集了

17 每天晚上都會（　）上課內容。
1　預定　2　預約　3　預習　4　約定

18 跟第一次見面的人說話時，用詞要有（　）一點。
1　禮貌　2　普通　3　突然　4　緩慢

19 假日常常會閱讀（　）。
1　電影　2　電視　3　小說　4　遊戲

20 （　）不知道這個的使用方法。
1　誰也　2　有誰　3　誰的　4　跟誰

21 父親會（　）蔬菜。
1　呼叫　2　生產　3　玩　4　種

22 來（　）明天的派對吧。
1　比賽　2　準備　3　事情　4　介紹

23 我（　）的咖啡很好喝。
1　做　2　泡　3　蓋　4　烤

24 那天不太方便，選（　）日子比較好。
1　時候　2　好
3　其他　4　有一天

25 (　　)想當醫生。

1　何時　　2　總有一天

3　隨時　　4　什麼時候

問題4　選項中有句子跟__的句子意思幾乎一樣。請從1、2、3、4中選出一個最適合的答案。

(例題)這間房間禁菸。

1　在這間房間不可以吸菸。

2　在這間房間可以吸菸。

3　在這間房間必須吸菸

4　在這間房間不吸菸也沒關係。

26 不像喜歡草莓那樣喜歡蘋果。

1　蘋果跟草莓都討厭。

2　討厭蘋果但是喜歡草莓。

3　比起草莓比較喜歡蘋果。

4　比起蘋果比較喜歡草莓。

27 我在醫院上班。

1　我在醫院工作。

2　我常去醫院。

3　我在醫院等。

4　我正前往醫院。

28 請讓我拍這幅畫的照片。

1　想要拍這幅畫的照片

2　想要別人幫我拍這幅畫的照片。

3　想要別人拍這幅畫的照片。

4　不想要別人拍這幅畫的照片。

29 請問要看這個嗎？

1　要問這個嗎？

2　要看這個嗎？

3　要吃這個嗎？

4　要喝這個嗎？

30 正在寫作業。

1　作業寫完了。

2　一定會寫作業。

3　現在才要寫作業。

4　現在在寫作業。

問題5　從1・2・3・4中選出下列詞彙最合適的用法。

(例題)回答

1　請把漢字回答大一點。

2　請回答很多書。

3　請好好回答我說的事。

4　請認真回答老師的問題。

31 聽到

1　聽到老師的上課內容。

2　聽到隔壁房間傳來聲音。

3　請聽到我說的話。

4　一起聽到廣播電台吧。

32 府上

1　明天可以去府上打擾嗎？

2　我的府上非常乾淨。

3　府上明天會送到嗎？

4　正在找新的府上。

33 吵鬧

1　請不要在電車上吵鬧。

2　在百貨公司對T恤吵鬧。

3　請把這張海報吵鬧在牆上。

4　這棟大樓吵鬧於10年前。

34 約會

1　忘年會的約會在12月23號。

2　是否能參加忘年會，要確認過約會再說。

3　再檢查一次約會。

4　我跟女朋友到公園約會。

35 照顧

1　我沒有聽懂，請你再照顧一次。

2　哥哥喜歡照顧動物。

3　在公園照顧孩子們。

4　從今天起要在新公司照顧。

語言知識（文法）・讀解

問題1　（　）內要放什麼進去？請從1、2、3、4的選項中選出一個最適合的答案。

（例題）明天要（　）京都。

1　把　2　去　3　跟　4　的

1 禮拜天都在家念書，但是有時候也會跟朋友（　）

1　出　2　出遊

3　不出遊　4　出遊過

2 我（　）老師教我日文。

1　請　2　去　3　給我　4　獻給

3 這本書的字很大，所以（　）是眼睛不好的人也能看。

1　即使　2　只是　3　比起　4　既然

4 A「有點累了呢。」

B「那麼（　）休息一下吧。」

1　往　2　嗎　3　用　4　去

5 妹妹看到零食總是（　）吃。

1　×　2　×　3　×　4　想

6 我會努力讓自己（　）盡快幫上大家的忙。

1　為了　2　之前

3　成為　4　變成～的狀況

7 A「什麼時候出門？」

B「沐浴完（　）出門。」

1　的時候　2　然後

3　之前　4　之後

8 不可以（　）帽子進入寺廟。

1　×　2　×　3　×　4　戴著

9 現在要使用這個房間，請先（　）開電燈。

1　×　2　先開好

3　試著　4　×

10 肚子很痛所以從早上就什麼都（　）。

1　能吃　2　沒吃　3　吃了　4　不吃

11 等我抵達教室，課程（　）。

1　已經開始了　2　正在開始

3　開始　4　開始了

12 晚上太晚回家，父親（　）。

1　讓他生氣了　2　被～生氣了

3　拜託～生氣了　4　幫了我生氣

13 上週借你的書，（　）還給我嗎？

1　不要　2　沒有　3　不給　4　可以

14 持續（　）10年的戰爭終於結束了。

1　到　2　×　3　也　4　×

15 考慮到孩子的未來，即使放暑假也會（　）。

1　正在念書　2　正在讓孩子念書

3　讓孩子念書　4　念書了

（例題）

書就＿＿＿　＿＿＿　＿★＿　＿＿＿。

1　桌子　2　上面　3　的　4　放在

16 田中「山下你沒什麼精神呢？怎麼啦？」

山下「其實＿＿＿　＿＿＿　＿＿＿　＿★＿。」

1　對我　2　要求　3　分手　4　女友

17 今天＿＿＿　＿＿＿　＿★＿　＿＿＿。

1　手套　2　所以

3　要不要戴　4　手套

18 你知道菸＿＿＿　＿＿＿　＿＿＿　＿★＿吧。

1　不可以　2　吸

3　事　4　這

19 A「田中先生已經回來了嗎？」

B「那麼，我＿＿＿　＿★＿　＿＿＿　＿＿＿。」

1　看看　2　去　3　房間　4　看看

20 有沒有日語＿★＿ ＿＿ ＿＿ ＿＿。

1 講　2 很多　3 班級　4 能的

問題3　21 到 25 該放入什麼字？思考文章的意義，從1・2・3・4中選出最適合的答案。

下面是由留學生寫的文章。

日本的夏天

阿米莉亞-泰勒

我最喜歡的季節 21 夏天。日本的夏天從6月開始。6月是「梅雨季」， 22 下著雨。但沒有雨水，蔬菜和水稻就無法生長，所以「梅雨季」是非常重要的。「梅雨季」會在7月結束。

到了7月暑假開始，所以孩子們 23 去上學。小孩子們和朋友一起去游泳池 24 做作業。

8月是一年中最熱的月份，從13日到15日是「盂蘭盆節連假」。在「盂蘭盆節連假」期間，許多人會去旅行，或看望住在遠方的祖父母。日本的夏天很熱，但有很多有趣的事情可以做，例如去海灘、遊泳池、煙火大會和祭典。 25 我喜歡夏天。

21

1 在　2 被　3 是　4 和

22

1 只有　2 一直　3 比較　4 直到

23

1 不需要去　2 不得不去
3 很想要去　4 變得要去

24

1 要玩的話　2 玩了會
3 玩了的話　4 玩，或是

25

1 但是　2 所以　3 而且　4 如果

問題4　閱讀下列（1）到（4）的文章，回答問題。答案從1・2・3・4中選出對問題最適合的選項。

（1）

給美花

我去買東西。冰箱裡面有葡萄，寫完作業後再吃。葡萄是奶奶寄來的。

等一下再一起打電話跟奶奶問好吧。

媽媽留

26 美花首先必須去做什麼？

1 去買東西。
2 吃葡萄。
3 寫作業。
4 打電話給奶奶。

（2）

不久前我跟朋友一起去吃拉麵。當我要吃拉麵的時候，朋友對我說「先等一下！還不要吃！」然後就拍了很多張拉麵的照片。當朋友拍完照的時候，溫暖的拉麵已經冷掉，變得不好吃了。最近在吃飯前會拍照的人開始變多了。我覺得料理應該要在最美味的時候吃才對，希望他們不要做這種事。

27 這種事指的是什麼？

1 跟朋友一起去吃飯
2 料理冷掉變得不好吃
3 開動前拍料理的照片
4 在料理最美味的時候開動

（3）
正在網路上買東西。

【給使用網購服務的貴賓】
運費是200日圓。購物滿3000日圓以上就免運費。
訂購完畢3天後會將商品送達。
使用訂購完畢後隔天送達的服務需要支付300日圓。
要附贈賀卡的場合需要支付100日圓。
訂購的商品無法取消。

28 為了送朋友禮物，決定買2500日圓的T恤。想要後天送過去。
也想要加賀卡。請問要多少錢？
1　2600日圓
2　2800日圓
3　3000日圓
4　3100日圓

（4）
我每次開車的時候都會唱歌。但是媽媽說開車時唱歌可能會引起交通事故，所以叫我不要唱歌比較好。

在車子裡的話就算唱歌也不會太吵，心情也會很愉快。而且我都很小心地避免引起事故，一次也沒有發生過車禍，所以我覺得沒有問題。

29 關於這個人，下列哪一項是正確的？
1　開車時總是會變得開心。
2　曾經因為開車時唱歌而引起交通事故。
3　認為只要開車小心，就算開車唱歌也沒問題。
4　為了不要引起交通事故，決定不再開車唱歌。

問題5　閱讀以下文章，回答問題。答案從1・2・3・4中選出對問題最適合的選項。

這是由留學生寫的文章。
山田先生的家人與我
安娜

上週我去山田先生家玩。山田先生家距離我住的公寓很遠，所以必須要搭電車跟公車才能過去。因為我是第一次利用電車跟公車，所以擔心地想著「萬一搭錯電車跟公車該怎麼辦」。我把①這件事告訴山田先生後山田先生就去拜託他的父親開車到我住的公寓來接我。山田先生的父親立刻就說「②當然可以啊」。

抵達山田先生的家後，山田先生的母親跟他高中生的妹妹就來迎接我了。我把在祖國買的伴手禮交給山田先生的家人並說「這個大家一起喝吧」。於是③大家的表情就顯得有些困擾了。我買的伴手禮是葡萄酒。在我的國家大家會一邊喝葡萄酒一邊吃飯。但是山田先生的父親跟母親不喝酒，山田先生跟他的妹妹也還不能喝酒。我當下覺得「搞砸了」。既然要買伴手禮，早知道（　　　）。但是山田先生的家人卻對我說很高興收到少見的葡萄酒。

然後我跟他的家人就一起做章魚燒一起吃、一起玩遊戲，聊了非常多的事。真的是非常快樂的一天。

30 ①這件事指的是什麼？
1　去山田先生家玩
2　山田先生的家距離住的公寓很遠
3　搭錯電車跟公車
4　搭電車跟公車感到擔心

31 爸爸說②「當然可以啊」，然後做了什麼事？

1 教安娜小姐怎麼搭電車跟公車。
2 到安娜小姐的公寓找她玩。
3 開車去迎接安娜小姐。
4 拜託山田先生去迎接她。

32 為什麼③大家的表情就顯得有些困擾呢？

1 山田先生的家人都不會喝葡萄酒。
2 山田先生的家人沒有買伴手禮。
3 山田先生的家人沒有邊喝葡萄酒邊吃飯的習慣。
4 山田先生的家人不可以喝酒。

33 下列哪一句適合放進（　　　）？

1 大家很高興收到少見的葡萄酒真是太好了
2 如果送啤酒而不是葡萄酒就好了
3 送在祖國買的伴手禮不好
4 如果有事先問他的家人喜歡什麼就好了

問題6　閱讀右頁，回答問題。從1・2・3・4中選出一個對問題最適合的答案。

34 李先生是位於藍天市內的櫻花大學的留學生，他第一次去藍天大學的圖書館。李先生首先必須做什麼事？

1 使用大學發的通行卡進去圖書館。
2 到櫃台辦理藍天大學的通行卡。
3 想借的書要跟通行卡一起交給櫃台。
4 填寫影印申請書並交給櫃台。

35 在禮拜天歸還CD的人應該怎麼做。

1 在禮拜天以外的日子交還給櫃檯。
2 把借的CD交還給櫃檯。
3 放進入口前的歸還箱。
4 連絡圖書館。

藍天大學圖書館的使用規定

●可以使用的人

藍天大學的大學生、留學生、老師
位於藍天市內的櫻花大學、海野大學的大學生、留學生、老師

●使用時段

禮拜一～禮拜五　8：30～20：00
禮拜六　9：00～17：00

●使用方法

藍天大學的大學生、留學生、老師要使用圖書館的時候請使用從大學給的使用卡。
藍天大學以外的大學的大學生、留學生、老師，在第一次使用圖書館的時候請至櫃檯辦理使用卡。

●借閱時

請把想借閱的書本或CD跟使用卡一起交給櫃檯。
書本可以借閱2週。
CD、DVD可以借閱1週。

●歸還時

歸還的書本或CD請拿到櫃檯歸還。
圖書館關門的時候請放進入口前面的歸還箱。
CD、DVD不能放進歸還箱，一定要拿到櫃檯歸還。

聽解

問題1　在問題1中，請先聽問題。並在聽完對話後，從試題冊上1～4的選項中，選出一個最適當的答案。

例題

女：喂。我現在人在車站前的郵局前面，接下來我該怎麼走？

男：郵局啊。從那裡看得到一棟茶色大樓嗎？

女：嗯，看得到喔。

男：過馬路朝著那棟大樓走過來。然後走大樓旁邊的路走個兩分鐘有間超商，在超商前等我。我走到那裡接妳。

女：嗯，我知道了。謝謝。

男：好，那麼待會兒見。

女性等一下第一件事要做什麼？

1　在郵局前面等待

2　進去茶色的大樓裡面

3　在便利商店買東西

4　過馬路

第1題

女性在醫院跟醫生講話。女性不可以做什麼事。

女：醫生，今天我可以去上班嗎。

男：上班，好吧，可以。請問妳用什麼方式去公司？

女：騎腳踏車。

男：妳的傷還沒有好，改搭計程車吧。等到傷好了就可以騎腳踏車，但是那之前請不要騎腳踏車。

女：請問洗澡呢？

男：可以照常洗澡喔。

女：我明白了。謝謝醫生。

男：請保重。

女性不可以做什麼事？

1

2

3

4

第2題

店員跟男性在講話。男性要付多少錢？

女：歡迎光臨。這個架子上的領帶3條只要1000日圓。

男：嘿，很便宜呢。這條領帶也是3條算1000日圓嗎？

女：不，這邊的領帶是1條2000日圓。不過只要再買一條2000日圓的領帶就會打五折。

男：咦，也就是說有1條領帶算免費嗎？

女：是的。非常划算喔。

男：那麼請給我這個。

男性要付多少錢？

1　1000日圓

2　2000日圓

3　3000日圓

4　4000日圓

第3題

女性跟男性在講話。女性現在要去哪裡？

女：錢包沒有錢了，我去一趟郵局喔。

男：要去ATM是吧？妳看，那裡有銀行吧？去哪裡吧？

女：也好呢。咦？上面寫「本日要進行維

修，不能使用ATM」。討厭，真不走運。

男：但是郵局太遠了。我覺得去超商好了。

女：我沒有用過超商的ATM，不知道怎麼用。

男：用法很簡單啦。跟郵局的ATM一樣。

女：啊，糟糕！我把信用卡忘在家裡了。得回去拿才行。

男：那就沒轍了。那我在等妳喔。

女性現在要去哪裡？

1 2 3 4

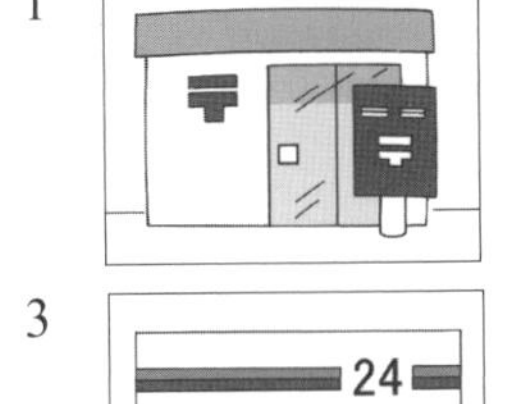

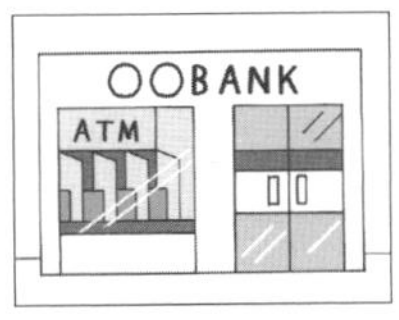

第4題

老師在學校講話。學生必須帶什麼東西？

男：各位同學，明天我們要去參觀麵包工廠。由於明天要搭電車過去，所以請不要遲到。車票錢由學校支付，所以不需要付錢。抵達工廠後要聽工廠人員的解說。然後午餐聽說工廠會讓我們享用剛出爐的麵包。因為有麵包吃所以不用帶便當，但是請自備茶水。雖然去工廠參觀不用帶教科書，不過各位別忘了要帶今天出的作業喔。

學生必須帶什麼東西？

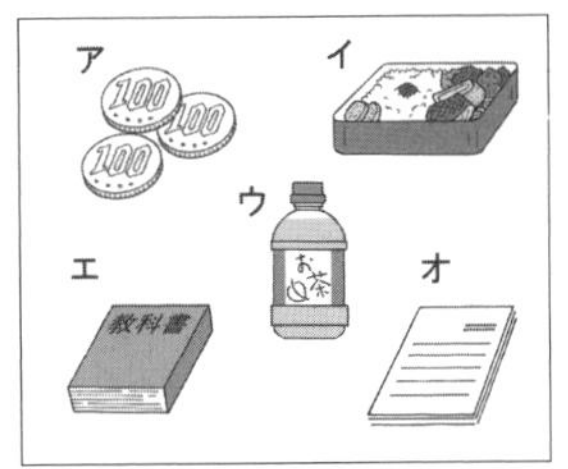

1　ア和イ　　2　イ和エ

3　ウ和オ　　4　ウ和エ

第5題

女性跟男性在公司講話。女性要把電腦放在哪裡？

女：部長，新的電腦送來了。

男：可以先幫我放在架子上嗎？

女：架子上已經放滿其他東西，沒有空位可以放了…。

男：那個電腦是我要用的，所以就放我的辦公桌下面吧。

女：放辦公桌下面會弄髒喔。架子旁邊的桌子上沒有放任何東西，就放在那裡吧。

男：嗯～我馬上就會用，放在我的辦公桌上就行了。

女：好的，我明白了。

女性要把電腦放在哪裡？

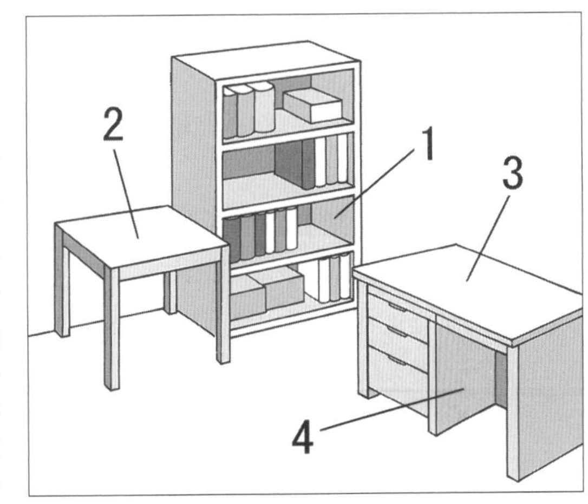

第6題

男性在講話。想吃早餐的人要幾點去餐廳？

男：我來為各位說明這家飯店。飯店內有溫泉設施。溫泉從早上5點至晚上11點都可以使用，但是中午2點到4點是清潔時段所以不能進去。用餐請到2樓的餐廳。早上的時段是6點到10點，晚上則是下午4點到10點。請注意餐廳並沒有提供午餐。

想吃早餐的人要幾點去餐廳？

1　5點～11點
2　2點～4點
3　6點～10點
4　4點～10點

第7題

女性跟男性在公司講話。男性要去幫誰的忙？

女：今天山本先生請假，我想請你整理東西。石田，現在可以拜託你嗎？

男：不好意思，我剛好接到社長打來的電話，等一下就要出去了。

女：這樣啊。那麼整理的工作就找林幫忙吧。

男：不好意思。我大約3點就回來了，那之後就有時間能幫忙。

女：是嗎？那麼大野先生說下午要送很多包裹，可以請你幫忙跟他一起去送嗎？

男：我明白了。那麼我出發了。

男性要去幫誰的忙？

1　山本先生
2　社長
3　林
4　大野先生

第8題

看了氣象預報，女性跟男性正在講話。女性接下來要去哪裡？

女：今天是隔了很久的晴天呢。

男：氣象預報說下午會下雨耶。

女：真的嗎？還想說等一下出門買東西的，既然會下雨那還是算了吧。

男：買東西是在建築物裡面，就算下雨也不會影響吧？

女：嗯～可是我不喜歡買的東西被雨淋濕，還是在網路上買好了。趁著天氣晴朗，我把自行車拿去修好了。已經壞掉了呢。

男：啊，要去那間圖書館旁邊的店？

女：是啊，那麼我出門了。

女性接下來要去哪裡？

1

2

3

4

問題2　在問題2中，首先聽取問題。之後閱讀題目紙上的選項。會有時間閱讀選項。然後聽完內容，在題目紙上的1～4之中，選出最適合的答案。

例題

女性跟男性在講話。女性要穿什麼參加婚禮？

女：真期待明天朋友的婚禮呢。

男：是啊。妳決定好要穿什麼了嗎？

女：其實我很想穿和服的，但是一個人穿

不了，而且很難行動呢。

男：是啊。

女：所以我想說穿粉紅色的禮服，你覺得呢。

男：嗯～我覺得只穿那件會冷喔。

女：這樣啊。那這件黑色的呢？這件就不會冷了。

男：是沒錯，但不會太短了嗎？

女：是嗎？短一點比較時髦吧。決定了。就穿這件。

女性要穿什麼去婚禮？

1　粉紅色的和服
2　黑色的和服
3　粉紅色的禮服
4　黑色的禮服

第1題

男性跟女性在公園講話。小時候男性都在玩什麼？

男：好懷念喔。我小時候常來這座公園玩呢。

女：你都玩些什麼？

男：幾乎每天都跟朋友打棒球呢。雖然現在這裡似乎不能打棒球或踢足球了。

女：畢竟球飛過來很危險呢。

男：但是聽說可以打籃球。

女：嘿～是這樣啊。

男：最近公園建了池塘，開始可以釣魚了。如果將來有了小孩，很想跟他一起來這座公園玩呢。

男性小時候都在玩些什麼？

1　棒球
2　足球
3　籃球
4　釣魚

第2題

女性在公司為社長說明這一週的行程。社長是禮拜幾要去機場。

女：社長，跟您確認這一週的行程。禮拜一一整天都排滿了會議。禮拜二跟禮拜三要去大阪出差。已經為您預約了開往大阪的新幹線。禮拜四上午有電視台的採訪，下午要到飯店出席晚會。禮拜五有美國的客戶要過來拜訪。到機場迎接客戶，開完會之後到日本料理餐廳用餐。

社長是禮拜幾要去機場。

1　禮拜一
2　禮拜三
3　禮拜四
4　禮拜五

第3題

女性跟男性在講話。兩人要怎麼去餐廳？

女：哎，這家餐廳因為沒有停車場，所以請客人不要開車過來。

男：那要搭電車去嗎？

女：嗚～嗯。可是從車站到餐廳挺遠的耶。走路好像要花20分鐘左右。

男：怎麼辦？搭計程車去？

女：啊，不過餐廳附近好像有停車場。

男：真的耶。雖然車子停1小時必須花300日圓，但是也沒辦法了。

兩人要怎麼去餐廳？

1　開車去
2　搭電車去
3　用走的去
4　搭計程車去

第4題

新聞台的播報員正在講話。為什麼駕駛會引起交通事故？

男：晚間10點左右，一家超商門前發生一起人車相撞的事故。這條路雖然平時有很多車子來往，但是這個時段卻幾乎沒有車子經過。引起事故的駕駛表示當時突然有人衝到馬路上才會相撞。撞到車子的人則表示「當時我正要過馬路去超商。因為在看手機所以沒注意到有車子」。

為什麼駕駛會引起交通事故？

1　因為車子很大

2　因為人會衝到馬路上

3　因為在看手機

4　因為沒有注意到車子

第5題

女性跟男性在學校講話。男性花多少功夫去學英文？

女：木村你最近英文變得很好耶。老師對你是極力稱讚。

男：謝謝。我最近開始去上英文課了。

女：是這樣啊。每天？

男：不，只有禮拜一跟禮拜三，每週兩次而已。

女：光是這樣英文就能變好嗎？那我要不要也去上英文課呢。

男：另外每週五還有跟留學生用英文對話的課程。參加那個對學習有很大的幫助。下次要不要一起去？很開心喔。

女：真的？我一定要去看看。

男性花多少功夫去學英文？

1　每天

2　一週兩天

3　一週三天

4　一週四天

第6題

男性跟女性在講話。請問誰要開車？

男：今天好熱喔。去喝啤酒吧。我知道一家料理跟啤酒都很美味的店。

女：要怎麼去那家店？

男：我覺得最好的方式是開車去。

女：等等。開車的時候不可以喝酒，還是別開車吧。

男：說的也是呢。那今天就別去了吧？

女：可是我想去餐廳吃好吃的料理呢。我決定今晚不喝酒了，走吧。

男：謝謝妳。去的時候我來開，回程就麻煩妳來開車喔。

請問誰要開車？

1　女人

2　男人

3　去的時候是男性，回去的時候是女性

4　放棄開車過去

第7題

女性跟男性在講電話。男性現在人在哪裡？

女：喂？我現在到車站了，你到了嗎？

男：抱歉抱歉，其實我還在家…。

女：咦？為什麼？難道你睡過頭了？

男：不是啦。早上我朋友打電話過來說他突然肚子痛，拜託我跟他一起去醫院。所以我趕緊去朋友家然後就帶朋友去了醫院，剛剛才回來。

女：咦，那麼你的朋友沒事吧？

男：他去了醫院，所以已經沒事了。我現在馬上趕去妳那邊。

男性現在人在哪裡？
1　車站
2　自己家
3　朋友家
4　醫院

問題3　問題3請邊看圖邊聽取語句。→（箭頭）指的人應該要說什麼？請在1～3之中，選出最適合的答案。

例題

不小心把冰淇淋滴到跟朋友借的書了。這時候要說什麼？

女：1　不小心弄髒你的書了，對不起。
　　2　書感覺會髒掉，對不起。
　　3　書好像變髒了，對不起。

第1題

把東西忘在家裡了。現在要回家裡拿東西。這時候要說什麼？

男：1　我現在去拿。
　　2　我現在去拿著放著。
　　3　我現在就去拿完。

第2題

孩子正在吃大量的糖果。孩子說牙齒痛。這時候要說什麼？

女：1　牙齒不可能會痛。
　　2　吃糖果也沒關係喔。
　　3　因為你一直吃糖果才會這樣。

第3題

男性正在洗臉。沒有毛巾。這時候要說什麼？

男：1　這是毛巾。請用。
　　2　可以幫我拿毛巾嗎？
　　3　我試試這條毛巾。

第4題

鞋子很小穿不下。這時候要說什麼？

男：1　有沒有稍微大一點的？

　　2　把它稍微變大一點吧。

　　3　我可以把它稍微變大一點嗎？

第5題

這裡放了零食。女性想吃。這時候要說什麼？

女：1　要不要來吃零食？

　　2　很好吃呢。

　　3　請問我可以吃嗎？

問題4　問題4並沒有圖片。首先聽取語句。然後聽完對語句的回答後，在1～3之中，選出最適合的答案。

例題

男：這是我買的伴手禮零食。請吃一個。

女：1　哇啊，我不客氣了。

　　2　哪裡，不客氣。

　　3　請多吃一點喔。

第1題

女：聽說昨天孩子出生了呢。

男：1　真是恭喜。

　　2　是啊，託您的福。

　　3　咦，真的嗎？

第2題

女：明天要在哪裡會合？

男：1　約10點見面吧。

　　2　在百貨公司前面如何？

　　3　我明天要去見我的母親。

第3題

女：請問要吃什麼呢？

男：1　我叫做山田太郎。

　　2　他在教室喔。

　　3　我要點咖啡跟蛋糕。

第4題

男：這位客人，非常不好意思，今天的座位預約已經滿了。

女：1　這樣子啊，真遺憾。

　　2　我想要大吃一頓。

　　3　我已經事先預約了。

第5題

男：下次一起去玩吧。

女：1　我曾經玩過喔。

2　我不清楚有沒有玩。

3　好耶，要挑什麼時候？

第6題

男：請不要坐在這裡。

女：1　啊，不好意思。

2　可以坐這裡，沒關係。

3　沒關係，別在意。

第7題

女：這道料理是怎麼做的？

男：1　是我媽媽。

2　只要把蔬菜切好然後跟雞蛋一起烤。

3　因為這是大家喜愛的料理。

第8題

男：妳打算什麼時候去留學？

女：1　我想要去東京的大學留學。

2　因為我想變得很會講日語。

3　明年春天開始。

第3回　解答・解説

解答・解説

ごうかくもし　かいとうようし

N4 げんごちしき（もじ・ごい）

第3回

じゅけんばんごう Examinee Registration Number		なまえ Name	

〈ちゅうい　Notes〉

1. **くろいえんぴつ（HB、No.2）でかいてください。**
   Use a black medium soft (HB or No.2) pencil.
   （ペンやボールペンではかかないでください。）
   (Do not use any kind of pen.)
2. **かきなおすときは、けしゴムできれいにけしてください。**
   Erase any unintended marks completely.
3. **きたなくしたり、おったりしないでください。**
   Do not soil or bend this sheet.
4. **マークれい** Marking Examples

よいれい Correct Example	わるいれい Incorrect Examples
●	⊗ ✓ ○ ◎ ⊜ ⦶ ●

もんだい1				
1	①	●	③	④
2	①	②	③	●
3	①	②	③	●
4	①	●	③	④
5	●	②	③	④
6	①	②	③	●
7	①	②	③	●
8	●	②	③	④
9	①	②	●	④

もんだい2				
10	●	②	③	④
11	①	●	③	④
12	①	●	③	④
13	①	●	③	④
14	①	②	●	④
15	①	●	③	④

もんだい3				
16	●	②	③	④
17	①	②	③	●
18	①	●	③	④
19	①	②	③	●
20	①	②	●	④
21	①	②	③	●
22	①	●	③	④
23	●	②	③	④
24	①	②	③	●
25	●	②	③	④

もんだい4				
26	①	●	③	④
27	●	②	③	④
28	①	②	③	●
29	①	②	●	④
30	①	②	●	④

もんだい5				
31	●	②	③	④
32	①	●	③	④
33	①	②	③	●
34	①	●	③	④
35	●	②	③	④

ごうかくもし　かいとうようし

N4 げんごちしき（ぶんぽう）・どっかい

第3回

じゅけんばんごう Examinee Registration Number		なまえ Name	

〈ちゅうい　Notes〉

1. **くろいえんぴつ（HB、No.2）でかいてください。**
   Use a black medium soft (HB or No.2) pencil.
   （ペンやボールペンではかかないでください。）
   (Do not use any kind of pen.)
2. **かきなおすときは、けしゴムできれいにけしてください。**
   Erase any unintended marks completely.
3. **きたなくしたり、おったりしないでください。**
   Do not soil or bend this sheet.
4. **マークれい** Marking Examples

よいれい Correct Example	わるいれい Incorrect Examples
●	⊗ ✓ ○ ◎ ⊜ ⏀ ● (gray)

もんだい1

1	①	②	③	●
2	①	②	③	●
3	●	②	③	④
4	①	②	③	●
5	●	②	③	④
6	①	●	③	④
7	①	②	●	④
8	①	②	●	④
9	①	②	●	④
10	①	●	③	④
11	①	●	③	④
12	①	●	③	④
13	①	②	●	④
14	①	●	③	④
15	●	②	③	④

もんだい2

16	●	②	③	④
17	①	②	③	●
18	●	②	③	④
19	①	②	●	④
20	①	●	③	④

もんだい3

21	●	②	③	④
22	①	②	③	●
23	①	②	●	④
24	①	②	●	④
25	①	●	③	④

もんだい4

26	①	●	③	④
27	●	②	③	④
28	●	②	③	④
29	①	②	●	④

もんだい5

30	①	●	③	④
31	①	②	●	④
32	①	②	③	●
33	●	②	③	④

もんだい6

34	●	②	③	④
35	①	●	③	④

ごうかくもし　かいとうようし

N4 ちょうかい

第3回

じゅけんばんごう Examinee Registration Number		なまえ Name	

〈ちゅうい　Notes〉

1. **くろいえんぴつ（HB、No.2）でかいてください。**
   Use a black medium soft (HB or No.2) pencil.
   （ペンやボールペンではかかないでください。）
   (Do not use any kind of pen.)
2. **かきなおすときは、けしゴムできれいにけしてください。**
   Erase any unintended marks completely.
3. **きたなくしたり、おったりしないでください。**
   Do not soil or bend this sheet.
4. **マークれい** Marking Examples

よいれい Correct Example	わるいれい Incorrect Examples
●	⊗ ✓ ○ ◎ ⊜ ◐ ●

もんだい1

れい	①	②	③	●
1	①	②	③	●
2	①	②	③	●
3	①	②	●	④
4	①	②	●	④
5	①	②	●	④
6	●	②	③	④
7	①	②	③	●
8	①	●	③	④

もんだい2

れい	①	②	③	●
1	①	●	③	④
2	①	②	●	④
3	①	②	●	④
4	①	②	③	●
5	●	②	③	④
6	①	●	③	④
7	●	②	③	④

もんだい3

れい	●	②	③
1	①	●	③
2	①	●	③
3	●	②	③
4	①	②	●
5	①	②	●

もんだい4

れい	●	②	③
1	●	②	③
2	①	●	③
3	①	●	③
4	①	②	●
5	●	②	③
6	①	②	●
7	●	②	③
8	①	②	●

第三回　得分表

		配分	答對題數	分數
文字	問題1	1分×9問題	／9	／9
	問題2	1分×6問題	／6	／6
	問題3	1分×10問題	／10	／10
	問題4	1分×5問題	／5	／5
	問題5	1分×5問題	／5	／5
文法	問題1	1分×15問題	／15	／15
	問題2	2分×5問題	／5	／10
	問題3	2分×5問題	／5	／10
讀解	問題4	5分×4問題	／4	／20
	問題5	5分×4問題	／4	／20
	問題6	5分×2問題	／2	／10
	合計	120分		／120

		配分	答對題數	分數
合計	問題1	3分×8問題	／8	／24
	問題2	2分×7問題	／7	／14
	問題3	3分×5問題	／5	／15
	問題4	1分×8問題	／8	／8
	合計	61分		／61

以60分滿分為基準計算得分吧。

□點÷61×60＝□點

※此評分表的分數分配是由ASK出版社編輯部對問題難度進行評估後獨自設定的。

語言知識（文字・語彙）

問題1

1 2 つき

着く：到達

1 泣く：哭、哭泣
3 届く：送達、收到
4 聞く：聽

2 4 し

死ぬ：死

3 4 ぎゅうにく

牛肉：牛肉

1 鶏肉：雞肉
2 豚肉：豬肉

4 2 りょかん

旅館：日式旅館

1 ホテル：酒店

5 1 そら

空：天空

2 星：星星
3 月：月亮

6 4 た

足りる：足夠

7 4 しあい

試合：比賽

2 試験：考試

8 1 すいて

空く：空、數量少

2 泣く：哭、哭泣
3 聞く：聽
4 咲く：花開、綻放

9 3 ふく

服：衣服

1 靴：鞋子
4 雨：雨

問題2

10 1 広い

広い：寬敞

2 長い：長
3 狭い：狹窄
4 細い：細、細小

11 2 歌って

歌う：唱歌

1 踊る：跳舞
3 笑う：笑
4 怒る：生氣、發怒

12 2 困って

困る：為難

13 2 別れ

別れる：分別、分開

1 集まる：聚集、集合
3 急ぐ：加快、趕緊
4 回る：轉、旋轉

14 3 特に

特に：特別

15 2 紹介

紹介（しょうかい）：介紹

- 1 招待（しょうたい）：招待

問題（もんだい）3

16 1 むり

無理（むり）：辦不到

- 2 上手（じょうず）：擅長、拿手
- 3 好（す）き：喜歡
- 4 きらい：討厭

17 4 におい

匂（にお）い：氣味

- 1 声（こえ）：聲音
- 2 味（あじ）：味道
- 3 色（いろ）：顏色

18 2 おくれて

遅（おく）れる：遲、遲到

- 1 忘（わす）れる：忘記
- 3 間（ま）に合（あ）う：趕得上、來得及
- 4 参加（さんか）する：參加

19 4 びっくり

びっくり：吃驚

- 1 はっきり：清楚、明確
- 2 そっくり：一模一樣
- 3 しっかり：堅挺、牢固

20 3 なかなか

なかなか…ない：難以…

- 1 少々（しょうしょう）：稍微
- 2 やっと：終於
- 4 無理（むり）に：勉強

21 4 いがい

以外（いがい）：以外

- 1 以内（いない）：以內
- 2 以下（いか）：以下
- 3 以上（いじょう）：以上

22 2 こうつう

交通（こうつう）：交通

- 1 道路（どうろ）：道路
- 3 空港（くうこう）：機場
- 4 駅（えき）：車站

23 1 じゅんび

準備（じゅんび）：準備

- 2 連絡（れんらく）：聯繫
- 3 案内（あんない）：嚮導、陪同遊覽
- 4 返事（へんじ）：回信、回話

24 4 うで

うで：手臂

- 1 かお：臉
- 2 のど：喉嚨
- 3 はな：鼻子

25 1 めずらしい

めずらしい：罕見、珍貴

- 2 めったに…ない：幾乎不…
- 3 難（むずか）しい：難
- 4 少（すく）ない：少

問題（もんだい）4

26 2 なまえを　かかなくても　いいです。不寫名字也沒關係。

必要（ひつよう）：必要、需要

27 1 この　へやは　さむいですね。這間房間很冷呢。

冷える：冷、覺得冷

寒い：冷、寒冷

2 暖かい：暖、溫暖

3 明るい：明亮

4 暗い：昏暗、黑暗

28 4 わたしは　けっこんして　いません。我沒有結婚。

独身：單身

29 3 きょうしつに　たくさん　人が　います。教室裡有很多人。

おおぜい＝たくさん（很多、大量）

1 何人かいる：有幾個人

2 だれもいない：一個人也沒有

4 まあまあいる：有一些人

30 3 おとうとは　とても　うれしかったです。弟弟非常高興。

よろこぶ＝うれしい（高興、愉快）

1 楽しい：開心

2 はずかしい：羞恥、難堪

4 かなしい：傷心、難過

問題5

31 1 いい　てんきだった　ので、せんたくものが　よく　かわきました。因為天氣好所以衣服很快就乾了。

かわく：干、乾燥

2 昼ごはんを食べなかったので、おなかが空きました。因為沒有吃午餐所以肚子餓了。

空く：空

4 テニスをしたので、体が疲れました。因為打了網球，所以身體累了。

疲れる：累、疲憊

32 2 しょうらいは　おかねもちに　なりたいです。將來想要成為有錢人。

将来：將來

1 この犬はこれから大きくなります。這條狗以後會變大隻。

33 4 りっぱな　スピーチでしたね。很出色的演講呢。

りっぱ：出色、優秀

1 もっときれいにそうじしてください。請再打掃得更乾淨點。

3 大変だと思いますが、がんばってください。雖然很辛苦，但請你加油。

34 2 先生が　テストの　もんだいようしを　くばります。老師分發考卷。

くばる：分配、分發

1 花に水をやります。給花澆水。

3 コーヒーにさとうを入れます。把砂糖加到咖啡裡面。

4 お母さんは赤ちゃんにミルクを飲ませます。媽媽給寶寶喝牛奶。

35 1 やっと　ゆきが　やみました。雪終於停了。

やむ：（雨、雪、風）停止

2 好きだった先生が辞めました。以前喜歡的老師辭職了。

辞める：辭職

3 学校の前で車が止まっています。車子停在學校前面。

4 子どもが泣いていましたが、止まりました。小孩本來正在哭，現在停了。

止まる：停止

語言知識（文法）・讀解

◆ 文法

問題 1

1 4 が

母が料理をするのを手伝います。

幫忙媽媽煮飯。

［修飾句］裡面不是用「は」而是用「が」。

例 父が日本に来るのを楽しみにしています。

期待爸爸要來日本。

2 4 いいし

～し…も：表示［強調］。

例 中村先生はやさしいし、授業もおもしろい。　中村先生不但溫柔，教學也很有趣。

3 1 ところ

動詞辭書形＋ところ：正要做…

例 れから、シャワーを浴びるところです。
我現在正要去沖澡。

※～ているところ：正在做…

例 ま、シャワーを浴びているところです。
我現在正在沖澡。

4 4 に

に気がつく／気づく：發覺、注意到

5 1 書きかた

動詞ます形＋かた：…的方法

例 使いかた　使用方法
やりかた　作法

6 2 に

～ときに：…的時候

例 旅行のときにおみやげをたくさん買いました。　去旅行的時候買了很多伴手禮。

7 3 ひまだ

普通形＋そうだ：表示［傳聞］。

例 天気予報によると、あした台風が来るそうだ。　根據氣象預報，明天好像會有颱風來。

※な形容詞要以［な形容詞＋だ］形式來使用。

例 中村さんが住んでいる町はとても静かだそうだ。　中村先生住的城鎮聽說非常寧靜。

8 3 ばかり

～たばかり：剛剛…

例 ごはんを食べたばかりだから、おなかがいっぱいだ。　因為剛剛才吃過飯，所以肚子很飽。

9 3 の

赤いの＝赤いぼうし　紅色的＝紅色帽子

※「の」可以用來代替名詞。

10 2 かるくて

～て：表示［並排］。

例 このお店の料理は安くておいしいです。
這家店的料理便宜又好吃。

11 2 あくでしょう

～でしょう：大概是…吧

例 あしたは雨が降るでしょう。
明天應該會下雨吧。

12 **2 ねませんでした**

～しか…ない：僅…

例 晩ごはんはパン1つしか食べませんでした。　晚餐除了一塊麵包之外什麼都沒吃。

13 **3 しかられない**

「しかられる」是「しかる（責罵）」的「被動形」。

14 **2 休ませてください**

～させてください：請讓我…

例 この仕事をぜひやらせてください。　請務必讓我做這份工作。

15 **1 さびしくなくなりました**

～なくなる：變得不…

例 足をけがして、サッカーができなくなった。　腳受傷，變得不能踢足球了。

問題2

16 **1**

毎日カレーを　2**食べさせられて**　1**ばかり**　3**で**　4**いや**　になります。

每天**2**被強迫吃咖哩**1**一直**3**所以**4**受不了了。

～てばかり：好幾次…。

「食べさせられる」是「食べる（吃）」的［使役被動形］。

17 **4**

両親に　1**反対**　3**されても**　4**留学**　2**するつもりです。**

即使父母**1**反對**3**受到，但還是打算**4**留學**2**去。

～ても：即使…

～つもり：打算…

18 **1**

前はきらいだったけれど、2**バナナが**　4**食べられる**　1**ように**　3**なった。**

以前很討厭，但**2**香蕉**4**可以吃**1**變得**3**了。

～ようになる：表示［變化］。

19 **3**

料理が　3**上手な**　2**姉が**　4**作った**　1**ケーキ**　です。食べてみてください。

料理**3**擅長的**2**姐姐**4**做的**1**蛋糕。請品嘗看看。

20 **2**

部長が　3**好きな**　1**お酒を**　2**さしあげる**　4**ことに**　しました。

部長**3**喜歡的**1**把酒**2**送給他**4**這麼做決定了。

さしあげる：給

～ことにする：決定要這麼做。

問題3

21 **1 には**

［場所］に［もの］がある：在［地點］有［東西］

例 机の上に本がある。　桌子上有書。

※某個地點有人或動物時要改用「いる」。

例 木の上に鳥がいる。　樹上有鳥。

22 **4 建てられました**　由～所建造

足利義満という人によって建てられた＝足利義満という人が建てた

被足利義滿這個人所建造＝叫足利義滿的人建造的

「によって」的後面要用［動詞被動形］。

例『源氏物語』は、紫式部という人によって書かれました。　『源氏物語』是由叫紫式部的人所寫的。

23 3 も

～も：也…

例 田中さんは大学生です。中村さんも大学生です。　田中先生是大學生。中村先生也是大學生。

24 3 写真を撮っていただけませんか

可以請你幫我拍張照嗎？

～ていただけませんか：能否請你…

25 2 いつか

いつか：總有一天

1 どこか：某處
3 だれか：某人
4 どれか：某一個

◆ 讀解

問題4

(1) 26 2

お掃除ボランティアのみなさんへ

毎週土曜日にやっている、町のお掃除ボランティアですが、**1いつも集まっている公園が工事で、使えません**。そこで、来週から、**2集まる場所を公園ではなく、駅前の駐車場にすることにしました**。**3時間はいつもと同じです**。朝9時に、ごみ袋を持って駐車場に来てください。**4何かわからないことがあったら、田中さんに連絡してください**。

給所有清潔志工

關於每週六進行的小鎮清潔的志工活動，**1 由於平常集合的公園要施工無法使用**。所以從下週開始 **2 集合的地點就不是公園，改在車站前的停車場**。**3 集合時間跟平常一樣**。請各位早上9點帶著垃圾袋來停車場。**4 如果有不清楚的事，請聯絡田中先生**。

1　公園施工不是最想傳達的事

2　○

3　集合時間沒有變

4　唯獨有事情不清楚的時候才連絡田中先生

★熟記單字及表現

□ボランティア：志願者　　□集まる：集合

□工事：施工　　□ごみ袋：垃圾袋

□連絡〈する〉：聯繫

(2) 27 1

お酒は体によくないから、飲まないという人がいます。しかし、**2お酒を飲むと、気分がよくなり、ストレスを減らすことができるという人もいます**。ただし、**3毎日お酒を飲み続けたり**、**4一回にたくさんのお酒を飲んだりするのはやめましょう**。また、何も食べないで、お酒だけを飲む飲み方も、体にはよくないので、注意してください。

有些人因為酒對身體不好所以滴酒不沾。不過 **2 也有些人說喝酒會感到心情愉快、壓力會減少**。但是，**3 持續每天喝酒**、**4 一次喝大量的酒之類的習慣還是戒掉吧**。另外，習慣什麼都不吃、只喝酒的人也請注意這樣子對身體不好。

2　「一邊減少壓力，一邊喝酒」不是一種飲酒方式

3　「持續每天喝酒」是不好的飲酒方式

4　「一次喝大量的酒」是不好的喝酒方式

熟記單字及表現

□気分：心情
□ストレス：壓力
□減らす：減少、減輕
□ただし：但是
□飲み続ける：不停地喝
□注意〈する〉：注意

(3) 28 1

> 山川さんへ
>
> 今日、会議をする部屋はせますぎるので、1 **もう少し大きい部屋に変えてもらえますか。**
>
> 2 **会議で使うパソコンは、私が用意しておきます。**
>
> 3 **田中くんが資料をコピーするのを手伝ってくれました。** 4 **資料は机の上に置いておきます。**
>
> 今日の会議は長くなりそうですが、がんばりましょう。
>
> 上田
>
> 給山川先生
> 今天開會使用的房間太窄小了，1 **可以換成稍微大一點的房間嗎**？
> 2 **開會要用的電腦我會事先準備好**。
> 3 **田中有來幫我影印資料**。4 **資料放在桌上**。
> 今天的會議感覺會開很久，但我們彼此加油吧。
>
> 上田

1 ○
2 由上田先生準備電腦
3 幫忙影印資料的是田中
4 上田先生把資料放在桌上

熟記單字及表現

□会議：會議
□もう少し：再稍微
□変える：改變、變更
□用意：準備
□資料：資料
□手伝う：幫忙

(4) 29 3

私は、先月から動物園のアルバイトを始めました。仕事は、1 **動物園に来るお客さんを案内したり**、2 **お客さんに動物について説明したりする**ことです。子どもたちには、動物のことがいろいろわかるように、3 **動物の絵や写真を見せながら**、4 **わかりやすく話すようにしています**。毎日忙しいですが、かわいい動物に会えて、とても楽しいです。

我上個月開始在動物園打工了。工作是 1 **帶領客人參觀動物園**、2 **為客人說明動物的事**。為了讓小孩子比較容易聽懂動物的事，我會一邊給他們**看動物的圖片或照片**，一邊**用比較容易懂的方式說明**。雖然每天都很忙，但是可以跟可愛的動物見面，非常快樂。

1 這個人的工作

2 這個人的工作

3 不是送人動物的繪畫或照片，給客人看動物才是這個人的工作

4 這個人的工作

★熟記單字及表現

□アルバイト：打工、兼職　□始める：開始
□案内〈する〉：嚮導、陪同遊覽　□説明〈する〉：說明
□見せる：讓…看　□わかりやすく話す：說得簡單易懂

問題5

30 2　31 3　32 4　33 1

日本人は、だれかの話を聞いているあいだ、たくさんあいづちを打つ。あいづちを打つとは、何回も「うん、うん」や「へー」、「そうですね」と言ったり、頭を上下にふったりすることだ。32 **あいづちは、「あなたの話を聞いていますよ」、「どうぞ、話を続けてください」ということを伝えるためのものである。**

しかし、外国では、人の話を聞くときは、相手の目を見て、話し終わるまで、何も言わないほうがいいと考える文化もある。もし、その人と日本人が話すことがあったら、話している外国人には、30 **話を聞いている日本人が「うん、うん」、「はい、はい」などのことばを言い続けるので**、①**うるさいと思う人もいる**だろう。反対に、31 **日本人は話をしているとき、外国人があいづちを打たないので**、②**不安に思ってしまう**ことが多いのではないかと思う。

文化が違うと、コミュニケーションの方法も違う。だから、日本人と外国人では、33 **「(　　　　　)」ということを伝える方法が違うことを理解して、コミュニケーションのやりかたを考えたほうがいい**。そうすれば、あいづちを打っても、打たなくても、気持ちよくコミュニケーションができるはずである。

32 日本透過附和來傳達「我在聽你講話」的意思，但外國人的方式則是看著對方的眼睛

30 一直說「嗯、嗯」、「是啊、是啊」＝附和好幾次

31 因為外國人不會附和，所以對日本人來說等於沒有收到「我有在聽你說話」的暗示

33 為了愉快地溝通，理解對方的溝通方式很重要

日本人在聽別人講話的過程中，都會附和對方好幾次。附和對方就是指說好幾次「嗯、嗯」或「嘿～」、「說得沒錯」或是上下點頭之類的。**32 附和這個動作是為了傳達「我在聽你說話喔」、「好的，請你繼續說」的意思給對方**。

但是在國外，也有一些文化是聽別人講話時，要看著對方的眼睛，在對方講完前不要說話才是禮貌。如果那種人跟日本人講話，對於說話的外國人來說，**30 因為日本人在聽對方講話時一直說「嗯、嗯」、「是啊、是啊」**，①**應該會有人覺得很吵**吧。相反的 **31 日本人講話的時候，由於外國人不會附和**，②**應該很多人會因此感到不安**吧。

文化不同，溝通方式也不同。所以日本人跟外國人之間應該要理解彼此傳達 **33「（　　）」的方式不同，然後思考溝通方式會比較好**。這樣一來不管附和、不附和，都能愉快地跟對方溝通才對。

熟記單字及表現

□あいづちを打つ：附和
□反対に：相反
□コミュニケーション：溝通、交流
□理解〈する〉：理解
□上下にふる：上下擺動
□不安：不安、擔心
□方法：方法
□～はず：應該…

問題6

34 1　**35** 2

いらない自転車をさしあげます！

A

1年前に12,000円で買いましたが、買った値段から50%安くして、ほしい人にあげます。あまり使わなかったので、とてもきれいで、壊れているところもありません。

34 月曜日、火曜日、金曜日は授業とアルバイトがあるので、電話に出られないと思います。それ以外の日に電話してください。できれば午後がいいです。家まで無料で届けに行きます。

前田：090-0000-0000

B

車を買ったので、自転車がいらなくなりました。高校のとき、3年間使いました。少し壊れているところがありますが、直せばすぐに乗れます。**35 値段は7,000円ですが、家まで取りに来てくれるなら、2,000円安くします**。家は大学から歩いて5分くらいのところにあります。

34 禮拜四下午可以接電話

35 如果去他家領，就只要付5000日圓

A：12000日圓X50%＝6000日圓。

C：5000日圓＋1000日圓（運費）＝6000日圓

34 **月曜日から金曜日までは授業で忙しいので、電話に出られません**。ほしい人は必ず土日に電話してください。

34 平日無法接電話

中山：044-455-6666

C

古い自転車をただであげます。かなり古いので、自転車のお店で直してもらわなければいけないと思います。お店の人に聞いたら、直すのに5,000円くらいかかると言われました。家まで自転車を届けるので、1,000円お願いします。

質問がある人は、何でも聞いてください。34 **午後はアルバイトがあるので電話に出られませんが、午前中ならいつでも大丈夫です**。

34 下午無法接電話

トム：090-1111-1111

贈送不要的腳踏車！

A

這是我 1 年前花 12000 日圓買的腳踏車，用比當時便宜 50% 的價錢，賣給想要的人。因為沒怎麼使用過所以非常漂亮，當然也沒有壞掉的地方。

34 **由於禮拜一、禮拜二、禮拜五要去上課跟打工，我應該沒辦法接電話。請在其他日子打電話給我。可以的話請下午打來**。我會送到府上不用運費。

前田：090 － 0000 － 0000

B

因為買了車子，所以不需要腳踏車了。念高中的時候用了 3 年。雖然有些地方壞掉了，不過修好馬上就能騎。35 **價錢是 7000 日圓，但是如果能到我家來拿的話就便宜 2000 日圓**。我家在從大學走路約 5 分鐘的地方。

34 **禮拜一到禮拜五因為要上課很忙，所以沒辦法接電話。想要的人請務必在六日打電話給我**。

中山：044 － 455 － 6666

C

免費贈送舊腳踏車。因為非常舊，所以必須拿到腳踏車店修理才能騎。我問過店家，店員說修理會花 5000 日圓左右。我會把腳踏車送到府上，請付 1000 日圓運費。

有問題想問的人請盡管問。34 **下午我要打工所以不能接電話，但是上午隨時都能打電話給我**。

湯姆：090 － 1111 － 1111

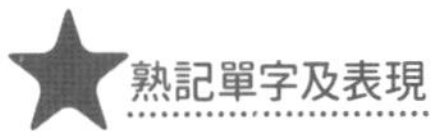

熟記單字及表現

□値段（ねだん）：價格、價錢
□壊（こわ）れる：壞
□電話（でんわ）に出（で）る：接電話
□以外（いがい）：以外
□無料（むりょう）：免費
□届（とど）ける：送達
□直（なお）す：修理
□ただ：免費
□かなり：相當

聽解

問題1

例　4

N4_3_03

女の人と男の人が電話で話しています。女の人はこのあとまず何をしますか。

F：もしもし。今、駅前の郵便局の前にいるんだけど、ここからどうやって行けばいいかな？

M：郵便局か。そこから大きな茶色いビルは見える？

F：うん、見えるよ。

M：信号を渡って、そのビルの方へ歩いてきて。ビルの横の道を2分くらい歩くとコンビニがあるから、その前で待っていて。そこまで迎えに行くよ。

F：うん、わかった。ありがとう。

M：うん、じゃあまたあとで。

女の人はこのあとまず何をしますか。

女：喂喂。我現在人在車站前的郵局前面，接下來我該怎麼走？

男：郵局啊。從那裡看得到一棟茶色大樓嗎？
女：嗯，看得到喔。
男：過馬路朝著那棟大樓走過來。然後走大樓旁邊的路走個兩分鐘有間超商，在超商前等我。我到那裡接妳。
女：嗯，我知道了。謝謝。
男：好，那麼待會兒見。

女性等一下第一件事要做什麼？

第1題　4

N4_3_04

娘が父に電話をしています。父はまず何をしなければなりませんか。

F：もしもし、お父さん、まだ家にいる？

M：**今から出かけるところだよ**。

F：間に合ってよかった。机の上に手紙が置いてあるんだけど、郵便局に行って手紙を出してくれない？

M：手紙だね。いいよ。

F：あと、帰りに牛乳を買ってきて。

M：うん、わかった。

F：**出かけるときはちゃんと電気を消しておいてね**。お父さんが出かけるとき、いつも電気がついたままなんだから。

M：わかった、わかった。

父はまず何をしなければなりませんか。

女兒在打電話給爸爸。爸爸首先必須要做什麼事情？

女：喂，爸爸，你還在家嗎？
男：**我正好要出門喔**。
女：還好趕上了。桌上有放一封信，可以到郵局幫我寄那封信嗎？
男：信啊。好啊。
女：另外回來的時候幫我買牛奶。
男：好，我知道了。
女：**出門的時候記得一定要關燈喔**。爸爸出門的時候總是會忘記關燈。
男：知道了、知道了。

爸爸首先必須要做什麼事情？

還沒有出門

關燈後再出門

關掉電燈→出門→去郵局→買牛奶

熟記單字及表現

□間に合う：趕得上、來得及

第2題　4

N4_3_05

女の人と男の人が話しています。女の人はまず何をしますか。

F：田中さん、お菓子を買ってきたので、一緒に食べませんか。

M：ああ、ぼくはあとでいただくよ。今、ちょっと忙しくて…。

F：何かお手伝いしましょうか。

M：頼むよ。**2今この書類をコピーしているから**、終わったら、書類を袋に一枚ずつ入れていってほしいんだ。

F：わかりました。

M：あ、**4袋に入れる前に、ちゃんと相手の名前が書いてあるか確認して**。袋に入れてからだと、やりにくいから。

F：はい。

女の人はまず何をしますか。

女性跟男性在講話。女性第一件事要做什麼？

女：田中先生，我買了零食，要不要一起吃。
男：好，我等一下再吃。現在有點忙…。
女：要不要我幫忙？
男：麻煩妳了。**2 我現在正在影印這些文件**，印好之後希望妳能在每個袋子裡放一張文件。
女：我知道了。
男：啊，**4 放進袋子前要確認有沒有寫對方的名字**。放進去後再確認就很麻煩了。
女：好的。

女性第一件事要做什麼？

2　正在影印文件的是男性

4　確認袋子有寫名字之後再把文件放進去

熟記單字及表現

□手伝う：幫忙
□頼む：拜託、懇求
□書類：文件、資料
□一枚ずつ：一張一張地
□確認〈する〉：確認

第3題　3

🔊 N4_3_06

郵便局で男の人と郵便局の人が話しています。男の人はいくら払いますか。

M：すみません、この荷物を北海道までお願いします。

F：かしこまりました。**1 北海道まで1,500円**です。

M：あ、今日送ったら、北海道にいつ届きますか。

F：北海道なら、**1 3日後に届きます**。

M：あのう、できれば早く届けたいんですが、できますか。

F：**3 明日届くサービスは2,000円**、**2 2日後に届くサービスは1,800円**です。

M：じゃあ、一番早く届くサービスをお願いします。

F：かしこまりました。

男の人はいくら払いますか。

男性在郵局跟郵局的人講話。男性要付多少錢？

男：不好意思，這個包裹麻煩寄到北海道。
女：我明白了。**1 寄到北海道是 1500 日圓**。
男：啊，今天寄的話什麼時候會到北海道？
女：北海道的話會在 **1 三天後寄到**。
男：那個，可以的話我希望趕快寄到，辦的到嗎？
女：**3 明天送達的服務是 2000 日圓**，**2 而兩天後送達是 1800 日圓**。
男：那，麻煩幫我用最快送達的服務。
女：我明白了。

男性要付多少錢？

1　1500日圓：要花3天

2　1800日圓：要花2天

3　2000日圓：要花1天○

熟記單字及表現

□払う：支付
□届く：送達、收到
□届ける：送達
□サービス：服務

第4題　3

N4_3_07

学校で、先生がテストについて話しています。テストでは、何をしてはいけませんか。

M：明日は、301の教室でテストをします。いつもの教室ではありませんから、注意してください。301の教室には時計がありませんから、みなさん、自分で時計を持ってきてくださいね。テストは必ずえんぴつで書いてください。**ボールペンは使わないでください**。ノート、教科書、携帯電話は必ずかばんの中に入れて、かばんは教室の後ろのテーブルに置いてください。

テストでは、何をしてはいけませんか。

老師在學校說明考試的事。考試時不能做什麼事？

男：明天要在 301 教室進行考試。請記得不是平常使用的教室。301 教室沒有時鐘，所以各位記得要自己帶手錶。考試一定要使用鉛筆作答。**請不要使用原子筆**。一定要將筆記本、教科書、手機放進書包裡面，書包請放在教室後面。

考試時不能做什麼事？

不可以用原子筆寫。

熟記單字及表現

□注意〈する〉：注意
□必ず：一定
□教科書：教科書

第5題　3

🔊 N4_3_08

女の人と男の人が旅行の準備をしています。女の人は、ほかに何を入れますか。

F：えっと、カメラは入れた。下着、靴下も入れた。これで準備は終わったかな。

M：ア**セーターも持っていったほうがいいんじゃない？** 夏だけど、山の上に行くんだから。

F：ア**うん、もう入れたよ**。

M：山の上は寒いかもしれないから、イ**手袋も持っていったほうがいいかな**。

F：イ**そこまではいらないんじゃない？**

M：**じゃあ帽子は持っていこう。山の中を歩くから、歩きやすい靴もいると思うよ**。

F：**そうだね。わかった**。

女の人は、ほかに何を入れますか。

女性跟男性在為旅行做準備。女性還要放哪些東西進行李？

女：我看看，相機放進去了。內衣、襪子也放了。這樣就準備好了吧。
男：ア**毛衣也帶過去比較好吧？**雖然是夏季，但畢竟是到山上。
女：ア**嗯，已經放進行李了**。
男：山上搞不好會很冷，イ**手套也帶著比較好吧**。
女：イ**不用連手套都帶吧**？
男：**那麼帶帽子過去吧。因為要走山路，我覺得還需要好穿的鞋子**。
女：**也是呢。我知道了**。

女性還要放哪些東西進行李？

ア　毛衣已經放進去了

イ　手套因為不需要所以不用放進去

要放進去的只有帽子跟鞋子。

熟記單字及表現

□準備：準備
□下着：內衣、貼身衣物
□手袋：手套
□いる：需要

第6題　1

N4_3_09

デパートで女の店員と男の人が話しています。男の人は、どれを選びますか。

F：いらっしゃいませ。何をお探しでしょうか。

M：母の誕生日にハンカチをプレゼントしようと思っているんですけど、どれにするか迷っているんです。

F：ではこちらはどうですか。**シンプルですが、細いリボンがおしゃれですよ**。

M：うーん、こういうの、もう持ってるかもしれないな。

F：ではこの花の絵のハンカチはどうですか。かわいくて人気がありますよ。

M：うーん、ちょっとかわいすぎるな。

F：そうですか。ではこちらはどうでしょう。大きいリボンがついています。

M：うーん、色がちょっと…。**やっぱり最初のにします**。

F：かしこまりました。ありがとうございます。

男の人は、どれを選びますか。

百貨公司裡女店員跟男性在講話。男性會選哪一條手帕？

女：歡迎光臨。請問要找什麼呢？
男：我想要送手帕給媽媽當生日禮物，但是很猶豫要選哪一種
女：那麼這邊這條如何呢？雖然**花紋樸素，但是細細的緞帶很時髦喔**。
男：嗯～這種的她可能已經有了。
女：那麼這條花朵圖案的手帕呢。可愛的圖案很受歡迎喔。
男：嗯～有點太可愛了呢。
女：是這樣子啊。那麼這條如何呢。上面有大的蝴蝶結。
男：嗯～顏色有點…。**我還是買一開始說的那條好了**。
女：我明白了。謝謝惠顧。

男性會選哪一條手帕？

店員一開始介紹的是花紋樸素、有細緞帶的手帕。

最後選了店員一開始時介紹的手帕。

熟記單字及表現

- □探す：找
- □誕生日：生日
- □プレゼント：禮物
- □迷う：猶豫、拿不定主意
- □シンプル：簡潔、樸素
- □リボン：絲帶、緞帶
- □おしゃれ：時髦、時尚
- □人気：受歡迎
- □最初：最初

第7題　4

🔈 N4_3_10

学校で女の学生と先生が話しています。女の学生はだれから本をもらいますか。

F：あのう、先生。先生が授業で「この本はおもしろいから読んだほうがいい」とおっしゃっていた本を貸していただけないでしょうか。

M：ああ、あの本ね。図書館にはなかった？

F：はい。図書館の人に聞きました。その本は、ほかの学生が借りているそうです。

M：そうですか。実は少し前に林くんにその本を貸したところなんだ。

F：そうなんですか。

M：**林くんが読み終わったら、君に渡すように伝えておきますね**。

林同學讀完後直接交給女學生。

F：はい、ありがとうございます。

女の学生はだれから本をもらいますか。

女學生跟老師在學校講話。女學生要跟誰拿書？

女：請問老師。老師在課堂上提到「這本書很有趣，建議各位看看」的那本書可不可以借給我呢？
男：啊啊，那本書啊。圖書館沒有嗎？
女：是的。我問過圖書館的人了。那本書被其他學生借走了。
男：這樣子啊。其實我不久前才把那本書借給林同學。
女：是這樣啊。
男：**我會跟林同學說看完就把書交給妳**。
女：好的，謝謝老師。

女學生要跟誰拿書？

熟記單字及表現

□おっしゃる：「言う（說）」的尊敬講法
□読み終わる：閱讀完畢
□君：你
□渡す：交給
□伝える：傳達、告訴

第8題　2

N4_3_11

男の人が話しています。車をどこに止めますか。

M：お客様にお知らせします。今日は、花火大会があるので、**スーパーの駐車場は使えません**。特別駐車場は、橋の下にございます。ご近所の方の迷惑になりますので、**小学校の前や道にも止めないでください**。よろしくお願いします。

車をどこに止めますか。

男性在講話。車子要停在哪裡？

男：通知所有來賓。由於本日有煙火大會，**超市的停車場無法使用**。特別停車場在橋的下面。為了避免造成街訪鄰居的困擾，**請不要停在小學門口前面或馬路邊**。麻煩請各位配合。

車子要停在哪裡？

因為不可以停在超市的停車場、小學門口前面、馬路邊，所以要把車停在橋下的特別停車場。

熟記單字及表現

- □止める：停
- □花火大会：煙花大會
- □特別：特別
- □迷惑：麻煩、打擾
- □知らせる：通知
- □駐車場：停車場
- □近所の方：附近的居民

問題2

例　4

N4_3_13

女の人と男の人が話しています。女の人は、結婚式で何を着ますか。

F：明日の友だちの結婚式、楽しみだな。

M：そうだね。何を着るか決めたの？

F：本当は着物を着たいんだけど、一人じゃ着られないし、動きにくいんだよね。

M：そうだね。

F：それで、このピンクのドレスにしようと思ってるんだけど、どうかな。

M：うーん、これだけだと寒いと思うよ。

F：そうかな。じゃあ、この黒いドレスはどう？　これは寒くないよね。

M：そうだけど、短すぎない？

F：そう？　短いほうがおしゃれでしょう。決めた。これにする。

女の人は、結婚式で何を着ますか。

女性跟男性在講話。女性要穿什麼參加婚禮？
女：真期待明天朋友的婚禮呢。
男：是啊。妳決定好要穿什麼了嗎？
女：其實我很想穿和服的，但是一個人穿不了，而且很難行動呢。
男：是啊。
女：所以我想說穿粉紅色的禮服，你覺得呢。
男：嗯～我覺得只穿那件會冷喔。
女：這樣啊。那這件黑色的呢？這件就不會冷了。
男：是沒錯，但不會太短了嗎？
女：是嗎？短一點比較時髦吧。決定了。就穿這件。
女性要穿什麼去婚禮？

第1題　2

N4_3_14

女の人と男の人が電話で話しています。男の人は何時に家に帰りますか。

F：もしもし。今日は何時くらいに家に帰れる？

M：まだわからないよ。**今から5時半まで会議をして**、それから、書類をチェックしないといけないんだ。それをするのに、1時間くらいかかると思う。

F：そうなんだ。実は朝からずっと頭が痛くて…。一緒に病院に行ってほしいんだ。

M：大丈夫？　**会議は休めないけど、書類チェックは明日やればいいから、会議が終わったらすぐ帰るよ**。

F：ありがとう。

M：電車で帰るから30分はかかると思う。病院に行く準備をしておいて。

F：うん、わかった。

男の人は何時に家に帰りますか。

今天不確認文件，開完會議就直接回家。

5點半＝5點30分

女性跟男性在電話。男性會幾點回家？

女：喂，今天大概幾點會回到家？
男：還不清楚呢。**現在開始到 5 點半要開會**，之後還必須確認文件。光是要完成這些大概要花 1 小時吧。
女：這樣子啊。其實我從早上就一直頭痛…。想要你陪我去醫院。
男：還好吧？**雖然會議不能暫停，不過文件我可以明天再確認，開完會我馬上就回去**。
女：謝謝你。
男：搭電車回去大概會花 30 分鐘。妳先做好準備去醫院。
女：嗯，我知道了。

男性會幾點回家？

熟記單字及表現

□書類：文件、資料
□チェック：檢查、核對
□ずっと：一直、始終
□~てほしい：希望某人…
□準備：準備

第2題　3

N4_3_15

女の人と男の人が話しています。男の人はどうしてごはんを食べませんか。

F：あれ？　ぜんぜん食べてないけど、どうしたの？　おいしくない？

M：いや、おいしいよ。

F：じゃあ、お腹が痛いとか？

M：そんなことないよ。でもカレーはちょっと…。**今日のお昼にカレーを食べたばかりだから**。

~たばかり：剛剛…

だから：表示［原因、理由］。

F：そっか。病気かもしれないと思って、心配したよ。

男の人はどうしてごはんを食べませんか。

女性跟男性在講話。男性為什麼不吃飯？

女：奇怪？你幾乎都沒有吃，怎麼了？不好吃嗎？
男：不會，很好吃喔。
女：那是肚子痛嗎？
男：沒有啦。但是我不太想吃咖哩…。**因為今天中午才吃過咖哩**。
女：這樣啊。我還以為該不會是生病，很擔心耶。

男性為什麼不吃飯？

熟記單字及表現

□ぜんぜん：完全、絲毫　　□心配〈する〉：擔心

第3題　3

N4_3_16

男の人と女の人がバーベキューの準備をしています。二人は何を持っていくことにしましたか。

M：えっと、1**バーベキューのお肉は、確か田中くんが買ってきてくれるんだよね。**

F：うん。今日は暑くなりそうだから、たくさん飲み物を持っていったほうがいいよね。

M：うん。2**でも飲み物は冷たいほうがいいから、バーベキュー場で買おうよ。**

F：そっか。それなら重くないし、便利だし、そっちのほうがいいよね。3**あ、たくさん汗をかくから、タオルもたくさん持っていこう。**

M：そうだね。バーベキューのとき、いすがあると便利だと思うんだけど、持っていく？

F：それは、4**向こうで貸してくれるから、いらないよ。**

二人は何を持っていくことにしましたか。

男性跟女性在為 BBQ 做準備。兩個人決定要帶什麼過去？

男：呃，1**BBQ 要烤的肉，我記得田中會去買過來對吧**。
女：對啊。今天感覺會很熱，多帶一些飲料過去好了。
男：是啊。2 **但是飲料喝冰的比較好，在烤肉場地那裡買吧**。
女：也對。那就不用背重物又方便，那樣比較好呢。3 **啊，會流很多汗，多帶幾條毛巾去吧**。
男：對啊。烤肉的時候有椅子坐比較方便，要帶嗎？
女：椅子的話 4 **可以到那邊借，不用帶**。

兩個人決定要帶什麼過去？

1　田中會買肉
2　在烤肉場地買飲料
3　○
4　在烤肉場地借椅子

熟記單字及表現

□バーベキュー：戶外燒烤　　□準備：準備
□確か：似乎　　□冷たい：冰的、涼的
□バーベキュー場：戶外燒烤場　　□汗をかく：出汗
□タオル：毛巾

第4題　4

N4_3_17

男の人と女の人が話しています。女の人がカラオケでアルバイトを始めたのはどうしてですか。

M：加藤さん、アルバイトを始めたんだって？

F：うん。カラオケでアルバイトしてるよ。

M：確か山田さんも同じお店でアルバイトしてるよね？

F：うん。でも山田さんは先月やめちゃったんだ。

M：えー、そうなんだ。アルバイトは忙しい？

F：ううん、あまり忙しくない。お店の人はみんなやさしくて、おもしろいよ。

M：そうなんだ。

F：**私、音楽が好きだから、ずっと音楽が聞こえるところでアルバイトしたいと思ってた**。だから、とても楽しいよ。

女の人がカラオケでアルバイトを始めたのはどうしてですか。

男性跟女性在講話。女性為什麼開始在 KTV 打工？

男：加藤，聽說妳開始打工了？
女：是啊。我在 KTV 打工喔。
男：我記得山田也在同一家店打工吧？
女：是啊。但是山田上個月不做了。
男：咦～這樣啊。打工會很忙嗎？
女：不會，沒有很忙。而且店裡的人全都溫柔又風趣喔。
男：是這樣子啊。
女：**我因為喜歡音樂，很想在可以一直聽到音樂的地方打工**。所以我很開心喔。

女性為什麼開始在 KTV 打工？

只要在KTV打工就能一直聽到音樂。

だから：表示［原因、理由］。

熟記單字及表現

□カラオケ：卡拉OK
□アルバイト：打工、兼職
□始める：開始
□確か：似乎
□やめる：停止
□音楽：音樂
□聞こえる：聽得到、能聽見

第5題　1

N4_3_18

女の子と男の子が話しています。どうして男の子はお母さんにゲームをとられましたか。

F：どうしたの？　元気がないね。

M：うん。お母さんにゲームをとられたんだ。

F：え？　どうして？

M：**ゲームをやりすぎているから、ゲームはするなって言われた**。

F：そうか。

M：今度のテストで100点を取ったら、ゲームを返してくれるんだ。

F：じゃあ、いっしょうけんめい勉強しないといけないね。

どうして男の子はお母さんにゲームをとられましたか。

女生跟男生在講話。為什麼男生會被媽媽拿走電動遊戲機？

女：怎麼了？沒有精神呢。
男：嗯。我媽拿走我的遊戲機了。
女：咦？為什麼？
男：**因為我打電動打過頭，所以她叫我別再打電動了**。
女：這樣啊。
男：如果下次考試考 100 分的話她就會還給我。
女：那麼就必須拼命用功才行呢。

為什麼男生會被媽媽拿走電動遊戲機？

やりすぎる：做過頭

するな＝してはいけない（不可以做）

□100点を取る：考 100分
□いっしょうけんめい：拚命、努力

第6題　2

N4_3_19

男の人と女の人が話しています。今、女の人の家に何人住んでいますか。

M：山田さんって何人家族なの？

F：6人家族だよ。両親と兄と姉と弟と私。

M：弟さんは高校生？

F：うん。今は塾に行っていて、毎日夜遅く家に帰ってくる。**兄は今海外で働いているから、なかなか日本に帰ってこられないんだ。**

M：そうなんだ。じゃあ、お姉さんは？

F：**姉は結婚していて、私の家の近くに住んでる**。よく子どもを連れて遊びに来るよ。私が家にいるときは、いつも姉の子どもと遊んでいるよ。

今、女の人の家に何人住んでいますか。

哥哥住在國外。姐姐住在女性的家附近。

所以現在女性的家裡有爸爸、媽媽、弟弟跟女性四個人住。

男性跟女性在講話。女性的家裡現在住著幾個人？

男：山田小姐的家庭有多少人？
女：六個人喔。父母跟哥哥、姐姐、弟弟跟我。
男：弟弟是高中生？
女：是啊。他現在要上補習班，每天都很晚回家。**哥哥現在到國外工作，很少會回來日本**。
男：這樣啊。那麼姐姐呢？
女：**姐姐已經結婚，住在我家附近**。她常常會帶孩子來我家玩喔。我在家的時候總是跟姐姐的孩子一起玩呢。

女性的家裡現在住著幾個人？

熟記單字及表現

□両親：父母
□塾：補習班
□なかなか：難以
□結婚〈する〉：結婚
□近く：附近
□連れる：帶、領

第7題　1

N4_3_20

デパートで、女の人と男の人が話しています。二人は誕生日プレゼントに何を買いましたか。

F：お母さんの誕生日プレゼント、このネックレスにしない？ **このネックレスを見て、ほしいって言ってたんだ。**

M：高すぎるよ。ぼくたちあまりお金がないんだから。

F：じゃあ、ハンカチはどう？

M：お母さん、ハンカチはたくさん持ってるよ。ぼくはケーキがいいと思う。みんなで食べられるし。

F：ケーキは私が作るつもりだから、いらないよ。あ、このコップかわいい。これはどう？

M：コップは去年の誕生日にあげたじゃないか。

F：そうだね。うーん、**少し高いけど、お母さんがほしがっているものをあげようよ**。お母さんきっとよろこぶよ。

M：わかったよ。

二人は誕生日プレゼントに何を買いましたか。

女性跟男性在百貨公司講話。兩個人要買什麼當生日禮物？

女：要不要買這條項鍊當媽媽的生日禮物？**她之前看到這條項鍊說很想要**。
男：太貴了。我們沒有那麼多錢。
女：那手帕如何？
男：媽媽已經有很多手帕了。我覺得送蛋糕比較好。可以大家一起吃。
女：蛋糕我來做就好，不用買啦。啊，這個杯子好可愛。送這個呢？
男：杯子不是去年生日就送過了嗎。
女：也是呢。嗯～**雖然有點貴，但還是送媽媽想要的東西吧**。媽媽一定會很高興喔。
男：我知道了。

兩個人要買什麼當生日禮物？

媽媽想要的東西是項鍊。

雖然有點貴，但是為了讓媽媽高興還是決定買下來。

熟記單字及表現

□誕生日：生日　　□プレゼント：禮物
□ネックレス：項鏈　　□ハンカチ：手帕
□～つもり：打算…　　□いらない：不需要
□コップ：杯子　　□ほしがる：想要

問題3

例　1　　N4_3_22

友だちに借りた本にアイスクリームを落としてしまいました。何と言いますか。

F：1　本を汚してしまって、ごめんね。
　　2　本が汚れそうで、ごめんね。
　　3　本が汚れたみたいで、ごめんね。

不小心把冰淇淋滴到跟朋友借的書上了。這時候要說什麼？

女：1　不小心弄髒你的書了，對不起。
　　2　書感覺會髒掉，對不起。
　　3　書好像變髒了，對不起。

第1題　2　　N4_3_23

お店でタバコを吸っている人がいます。注意します。何と言いますか。

F：1　タバコはえんりょします。
　　2　タバコはごえんりょください。
　　3　タバコをえんりょしないでください。

店裡有人在吸菸。要警告對方該怎麼說？

女：1　我不抽菸。
　　2　請你不要在這裡抽菸。
　　3　請你不用顧忌抽菸。

～ごえんりょください：不可以做～

熟記單字及表現

□注意〈する〉：注意
□えんりょ〈する〉：迴避、謝絕

第2題　2　　N4_3_24

恋人と結婚したいです。指輪を渡します。何と言いますか。

M：1　彼女と結婚させてください。
　　2　ぼくと結婚してくれませんか。
　　3　彼女は結婚したがっています。

男性想跟戀人結婚，正要送戒指。這時候要說什麼？

男：1　請讓我跟她結婚。
　　2　妳願意跟我結婚嗎？
　　3　她想要結婚。

～てくれませんか：能否請你…

熟記單字及表現

□恋人：戀人
□結婚〈する〉：結婚
□指輪：戒指

第3題　1　　N4_3_25

先生が大きな荷物を運んでいます。手伝おうと思います。何と言いますか。

M：1　荷物をお持ちします。
　　2　荷物をお持ちになります。
　　3　荷物をお持ちしませんか。

老師在搬運很大的行李。男生想要幫忙。這時候要說什麼？

男：1　我來幫您拿行李。
　　2　我要拿行李。
　　3　要不要拿行李？

「お持ちします」是「持ちます（我來拿）」的尊敬講法。

熟記單字及表現

□運ぶ：搬、搬運
□手伝う：幫忙

第4題　3

N4_3_26

風が強いです。紙が飛んでしまいそうです。何と言いますか。

F: 1　あれ？　窓が閉まったままだった。

2　あー、紙がたくさん落ちたみたいだ。

3　ごめん、窓を閉めてくれない？

風吹得很強。紙張快要飛走了。這時候要說什麼？
女：1　咦？窗戶還是關著的。
2　啊～好像掉了很多紙。
3　抱歉，可以把窗戶關起來嗎？

「～てくれない?」是「～てくれませんか?」的比較輕鬆的講法。

 1　～たまま：表示狀態的持續。

第5題　3

N4_3_27

となりの部屋の人がうるさいです。夜寝られません。何と言いますか。

F: 1　いつか静かになるでしょう。

2　少し寝られるようになりました。

3　もう少し静かにしてくれませんか。

隔壁房間的人很吵，晚上睡不著。這時候要說什麼？
女：1　有一天會變安靜吧。
2　變得稍微可以睡覺了。
3　可以請你安靜一點嗎？

～てくれませんか：能否請你…

問題4

例　1

N4_3_29

M：おみやげのお菓子です。ひとつどうぞ。

F: 1　わあ、いただきます。

2　いえ、どういたしまして。

3　たくさん食べてくださいね。

男：這是伴手禮的零食，請吃一個。
女：1　哇啊，我不客氣了。
2　哪裡，不客氣。
3　請多吃一點喔。

第1題　1

N4_3_30

F: この薬は一日に何回飲めばいいですか。

M: 1　朝と寝る前に飲んでください。

2　水で飲んでください。

3　一人で飲んではいけません。

女：這個藥一天要吃幾次？
男：1　請在早上跟睡前吃。
2　請配水吃。
3　不可以一個人吃。

何回：幾次

第2題　2

N4_3_31

F: もしよかったら、もっとお話を聞かせていただけませんか。

M: 1　すみません、声が大きすぎましたね。

2　はい、もちろんいいですよ。

3　もっとゆっくり話すようにしてほしいですね。

女：可以的話，能不能再多說一點給我聽？
男：1　不好意思，我講得太大聲了。
2　好，當然可以啊。
3　希望能夠講得更慢呢。

聞かせていただけませんか：能讓我聽聽嗎？

第3題　2

N4_3_32

M: 今日の晩ごはん、何にする？

F: 1　私が作るね。

2　カレーはどうかな？

3　それがいいね。

男：今天的晚餐要吃什麼？
女：1　我來煮吧。
2　吃咖哩如何？
3　那個很棒呢。

～にする：表達自己已決定的事情。

第4題　3

N4_3_33

M: あれ、教室に電気がついているよ。

F: 1　だれもいないみたいだね。

2　電気をつけてくれてありがとう。

3　田中さんが教室で勉強しているからね。

男：奇怪，教室的燈開著喔。
女：1　看起來沒人在呢。
2　謝謝你幫我開燈。
3　因為田中在教室念書。

電気がついている：燈開著

第5題　1

N4_3_34

F: 会議の前に、何をしておいたらいいですか。

M: 1　この資料のコピーをお願いします。

2　会議のあとで、ごはんを食べましょう。

3　会議で説明しようと思います。

女：請問開會前要做什麼準備？
男：1　麻煩影印這份資料。
2　開完會去吃飯吧。
3　我打算在開會時說明。

～ておく：為了某個目的，事先做什麼事。

第6題　3

🔊 N4_3_35

F：子どもの時、親に何をさせられましたか。

M：1　私はよく、親に怒られました。

2　子どもの時、よく運動をさせました。

3　毎日野菜を食べさせられました。

女：小時候，父母都要你做什麼？
男：1　我常常被父母罵。
　　2　小時候，我常常讓他去運動。
　　3　每天都被逼著吃蔬菜。

「～させられる」是「する（做）」的［使役被動形］。

第7題　1

🔊 N4_3_36

M：先生はいつ学校にいらっしゃいますか。

F：1　明日は来ますよ。

2　いつでもいいですよ。

3　いつも忙しそうですね。

男：老師什麼時候會來學校？
女：1　明天會來喔。
　　2　隨時都可以喔。
　　3　一直看起來都很忙呢。

「いらっしゃる」是「来る（來）」的尊敬講法。

第8題　3

🔊 N4_3_37

M：私の傘、どこに行っちゃったんだろう。

F：1　私はどこでも行けるよ。

2　買い物に行きたいな。

3　探しても、どこにもないね。

男：我的雨傘跑到哪裡去了啊。
女：1　我可以去任何地方喔。
　　2　好想去買東西喔。
　　3　找遍所有地方都沒找到呢。

傘はどこに行っちゃったんだろう＝傘が見つからない　雨傘跑到哪裡去了＝找不到雨傘

第3回

語言知識（文字・語彙）

問題1　請從1・2・3・4的平假名選項之中，選出＿＿的詞語最恰當的讀法。

（例題）　這顆蘋果非常甜。
1　紅　2　甜　3　藍　4　粗糙

1　8點抵達學校。
1　哭了　2　抵達　3　搆到　4　聽了

2　颱風造成很多動物死掉。
1　×　2　×　3　×　4　死

3　昨天吃了牛肉。
1　雞肉　2　豬肉　3　×　4　牛肉

4　第一次住日本的旅館。
1　Hotel　2　旅館　3　×　4　×

5　今天的天空很漂亮呢。
1　天空　2　星星　3　月亮　4　空白

6　時間不夠所以沒有成功。
1　腳　2　足　3　×　4　夠

7　跟朋友去看足球比賽。
1　×　2　測驗　3　×　4　比賽

8　今天這家餐廳有空著。
1　空著　2　哭著　3　聽著　4　裂著

9　昨天去百貨公司買衣服。
1　鞋子　2　零食　3　衣服　4　糖果

問題2　請從選項1・2・3・4中，選出＿＿的詞語最正確的漢字。

（例題）　桌上有隻貓。
1　上　2　下　3　左　4　右

10　這間房間很寬敞。
1　寬敞　2　長　3　狹窄　4　細

11　在那裡唱歌的是田中先生。
1　跳舞　2　唱歌　3　笑　4　生氣

12　不知道該怎麼做，正感到困擾。
1　×　2　困擾　3　×　4　×

13　在車站前面跟朋友分開了。
1　集合　2　分開　3　×　4　迴轉

14　這家店的拉麵特別好吃。
1　×　2　×　3　特別　4　地上

15　介紹了有趣的電影給朋友。
1　招待　2　介紹　3　×　4　×

問題3　（　）該放入什麼字？請從1・2・3・4中選出最適合的選項。

（例題）　這個零食（　）太好吃。
1　非常　2　一點點
3　不　4　稍微

16　還（　）寫很難的漢字。
1　無法　2　擅長　3　喜歡　4　討厭

17　有股很美味的（　）。
1　聲音　2　味道　3　顏色　4　香味

18　睡過頭，參加考試（　）了。
1　忘記　2　遲到　3　趕上　4　參加

19　看到交通事故的新聞（　）。
1　清楚　2　很相像
3　完整　4　嚇了一跳

20　太忙碌，（　）有時間確認電子信箱。
1　稍微　2　終於
3　很少　4　勉強

21　除了朋友（　）老師也會來派對。
1　沒有　2　以下　3　以上　4　以外

22　這附近的（　）不方便。
1　馬路　2　交通　3　機場　4　車站

23　10點要跟朋友見面所以要為出門做（　）。
1　準備　2　連絡　3　帶路　4　回應

24　行李很重讓（　）很痛。
1　臉　2　喉嚨　3　鼻子　4　手臂

25　我的國家有（　）的動物。
1　罕見　2　難得　3　困難　4　少數

問題4　選項中有句子跟__的句子意思幾乎一樣。請從1、2、3、4中選出一個最適合的答案。

（例題）這間房間禁菸。

1　在這間房間不可以吸菸。

2　在這間房間可以吸菸。

3　在這間房間必須吸菸

4　在這間房間不吸菸也沒關係。

26 不需要寫名字。

1　可以寫名字。

2　不寫名字也沒關係。

3　不可以寫名字。

4　必須要寫名字。

27 這房間很冷呢。

1　這房間很寒冷呢。

2　這房間很暖呢。

3　這房間很明亮呢。

4　這房間很暗呢。

28 我是單身。

1　我沒有家人。

2　我沒有朋友。

3　我沒有工作。

4　我沒有結婚。

29 教室裡有很多人。

1　教室裡有幾個人。

2　教室裡沒有人。

3　教室裡有非常多人。

4　教室裡有一些人。

30 弟弟非常愉快。

1　弟弟非常開心。

2　弟弟非常丟臉。

3　弟弟非常高興。

4　弟弟非常悲傷。

問題5　從1・2・3・4中選出下列詞彙最合適的用法。

（例題）回答

1　請把漢字回答大一點。

2　請回答很多書。

3　請好好回答我說的事。

4　請認真回答老師的問題。

31 乾

1　天氣很好所以衣服很快就乾了。

2　中午沒有吃飯所以肚子很乾。

3　很努力念書所以腦袋很乾。

4　打網球讓身體很乾。

32 將來

1　這隻狗將來會變大隻。

2　將來想當有錢人。

3　將來8點朋友會來。

4　晚上不睡覺將來會遲到喔。

33 出色

1　請再打掃得更出色點。

2　一直在下出色的雨呢。

3　雖然很出色但請你加油。

4　很出色的演講呢。

34 分發

1　給花分發水。

2　老師分發考卷。

3　把砂糖分發到咖啡裡。

4　媽媽給寶寶分發牛奶。

35 停止

1　雪終於停了。

2　以前喜歡的老師停止了。

3　車子在學校前面停止了。

4　孩子本來正在哭，現在停了。

語言知識（文法）・讀解

問題1　（　）內要放什麼進去？請從1、2、3、4的選項中選出一個最適合的答案。

（例題）明天要（　）京都。
　1　把　　2　去　　3　跟　　4　的

1 假日總是幫忙媽媽（　）煮飯。
　1　是　　2　把　　3　被　　4　去

2 鈴木先生不但腦筋（　），運動也很在行。
　1　好，所以　　2　以前好，所以
　3　以前也好　　4　×也好

3 現在（　）去超市。
　1　正要　　2　的時候
　3　的事　　4　方向

4 出門後才發現（　）東西忘記帶了。
　1　是　　2　被　　3　以　　4　到

5 請教我漢字的（　）。
　1　寫法
　2　×
　3　強迫他人寫的方法
　4　被迫寫的方法

6 這個藥請你（　）覺得痛的時候吃。
　1　在×　2　在　　3　和　　4　的

7 我問過田中先生了。他明天似乎（　）。
　1　空閒的　　2　空閒的
　3　是空閒的　　4　空閒

8 那兩個人上個月（　）結婚。
　1　正要　　2　之間
　3　剛　　4　的時候

9 A「哪一頂帽子比較好看？」
　B「紅色（　）比較好。」
　1　跟　　2　的事　3　的　　4　般

10 我想要一輛（　）又耐操的車。
　1　以輕快來　　2　輕而且
　3　×　　4　輕的

11 A「餐廳的門關著呢。」
　B「是啊。但是應該快（　）。」
　1　×　　2　開吧
　3　已經開了　　4　×

12 昨天只（　）3小時。
　1　睡了×　　2　睡到了
　3　起來了×　　4　沒有起來

13 為了（　），把討厭的魚全部吃掉了。
　1　媽媽不責罵
　2　媽媽不可以責罵
　3　不被媽媽責罵
　4　不讓媽媽責罵

14 身體不太舒服，明天（　）。
　1　可以讓我請假嗎
　2　拜託讓我請假
　3　可以拜託你請假嗎
　4　你想請假嗎

15 我雖然沒有兄弟，但是買了寵物之後（　）。
　1　就變不寂寞了　　2　就變寂寞了
　3　感覺會變寂寞　　4　曾經很寂寞

問題2　放進＿★＿的單字是哪一個？請從1、2、3、4的選項中選出一個最適合的答案。

（例題）
　書就＿＿＿　＿＿＿　＿★＿　＿＿＿。
　1　桌子　2　上面　3　的　　4　放在

16 每天＿＿＿咖哩＿★＿　＿＿＿　＿＿＿了。
　1　一直　　2　被強迫吃
　3　所以　　4　受不了

17 即使父母＿＿＿＿　＿＿＿＿打算＿★＿＿＿＿＿。

1　反對　　2　去

3　受到，但還是　　4　留學

18 以前很討厭，但＿＿＿＿　＿＿＿＿　＿★＿　＿＿＿＿。

1　變得　　2　香蕉

3　了　　4　可以吃

19 料理＿★＿　＿＿＿＿　＿＿＿＿　＿＿＿＿。請品嘗看看。

1　蛋糕　　2　姐姐

3　擅長的　　4　做的

20 A「你已經買了部長的生日禮物了嗎？」

B「是的。我＿＿＿＿　＿＿＿＿　＿★＿　＿＿＿＿決定了。」

1　把酒　　2　送給他

3　喜歡的　　4　這麼做

問題3　21 到 25 該放入什麼字？思考文章的意義，從1・2・3・4中選出最適合的答案。

下面是由留學生寫的文章。

京都旅遊

阿爾貝爾多

上周我去了京都。在京都 21 許多古老的神社和寺廟。我覺得最有趣的寺廟是金閣寺。金閣寺是在1394年由一個叫足利義滿的人 22 ，金碧輝煌的非常漂亮。然後，我認為金閣寺的花園 23 非常漂亮。

我拍了很多金閣寺的照片。當時，一個日本學生問我：「對不起， 24 」我說：「當然好啊。」，然後幫他拍了照。拍完照片後，我與這位日本學生用日語交談了很多事，非常快樂。

我變得非常喜歡京都，想 25 再次去京都。

21

1　有　　2　在

3　從～開始是　　4　到～為止是

22

1　建造了　　2　讓他建造

3　曾經要建造　　4　由他所建造

23

1　在　　2　在　　3　也　　4　從

24

1　我幫你拍張照吧？

2　要不要拍張照？

3　可以請你幫我拍張照嗎？

4　我來幫你拍照吧？

25

1　某個地方　　2　有一天

3　某人　　4　某一個

問題4　閱讀下列從（1）到（4）的文章，從1・2・3・4中選出對問題最適合的回答。

（1）

給所有清潔志工

關於每週六進行的小鎮清潔的志工活動，由於平常集合的公園要施工無法使用。所以從下週開始集合的地點就不是公園，改在車站前的停車場。

集合時間跟平常一樣。請各位早上9點帶著垃圾袋來停車場。如果有不清楚的事，請聯絡田中先生。

26 這張字條最想傳達的是什麼？

1　平常拿來集合的公園要施工

2　集合地點改成車站前的停車場

3　集合地點跟時間有更改

4　希望他們連絡田中先生

（2）

有些人因為酒對身體不好所以滴酒不沾。不過也有些人說喝酒會感到心情愉快、壓力會減少。但是，持續每天喝酒、一次喝大量的酒之類的習慣還是戒掉吧。另外，習慣什麼都不吃、只喝酒的人也請注意這樣子對身體不好。

27 下列哪一項是好的喝酒方式？

1　一邊吃飯一邊喝酒。
2　一邊減少壓力一邊喝酒。
3　持續每天喝酒。
4　一次喝大量的酒。

（3）

給山川先生
今天開會使用的房間太窄小了，可以換成稍微大一點的房間嗎？
開會要用的電腦我會事先準備好。
田中有來幫我影印資料。資料放在桌上。
今天的會議感覺會開很久，但我們彼此加油吧。
上田

28 山川先生必須做什麼？

1　重新預約更大的房間。
2　準備開會要用的電腦。
3　幫忙田中影印資料。
4　事先把資料放在桌上。

（4）

我上個月開始在動物園打工了。工作是帶領客人參觀動物園、為客人說明動物的事。為了讓小孩子比較容易聽懂動物的事，我會一邊給他們看動物的圖片或照片，一邊用比較容易懂的方式說明。雖然每天都很忙，但是可以跟可愛的動物見面，非常快樂。

29 下列哪一項不是這個人的工作？

1　帶領客人參觀動物園。
2　為來到動物園的客人解說動物。
3　給孩子們動物的畫或是照片。
4　淺顯易懂地說明動物。

問題5　閱讀以下文章，回答問題。從1・2・3・4中選出對問題最適合的回答。

日本人在聽別人講話的過程中，都會附和對方好幾次。附和對方就是指說好幾次「嗯、嗯」或「嘿～」、「說得沒錯」或是上下點頭之類的。附和這個動作是為了傳達「我在聽你說話喔」、「好的，請你繼續說」的意思給對方。

但是在國外，也有一些文化是聽別人講話時，要看著對方的眼睛，在對方講完前不要說話才是禮貌。如果那種人跟日本人講話，對於說話的外國人來說，因為日本人在聽對方講話時一直說「嗯、嗯」、「是啊、是啊」，①應該會有人覺得很吵吧。相反的日本人講話的時候，由於外國人不會附和，②應該很多人會因此感到不安吧。

文化不同，溝通方式也不同。所以日本人跟外國人之間應該要理解彼此傳達「（　　　）」的方式不同，然後思考溝通方式會比較好。這樣一來不管附和、不附和，都能愉快地跟對方溝通才對。

30 為什麼①會有人覺得很吵？

1　日本人在對方講完話之前會看著對方的眼睛。
2　日本人在別人講話時會跟著附和好幾次。

3　日本人不會附和，會講很多話。

4　日本人只會說「嗯、嗯」、「是啊、是啊」。

31 為什麼②會感到不安？

1　對方一直看著自己的眼睛。

2　對方用「嗯、嗯」、「是啊、是啊」附和好幾次。

3　覺得對方是不是沒有在聽自己講話。

4　不知道對方是不是覺得自己吵。

32 下列哪一句最適合放入（　）裡面？

1　「嗯、嗯」、「是啊、是啊」、「嘿～」、「原來如此」

2　擔心對方是否在聽

3　什麼都別說比較好

4　我在聽你講話喔

33 寫這篇文章的人有什麼意見？

1　理解文化之間的差異並且去思考更好的溝通方式。

2　為了讓外國人理解日本文化，應該要附和對方更多次。

3　跟文化不同的人溝通很困難，所以還是放棄好了。

4　附和會讓外國人覺得很吵，所以不應該附和對方。

問題6　閱讀右頁的文章，回答問題。從1・2・3・4中選出對問題最適合的回答。

34 金先生想要打電話去詢問三個人。現在是禮拜四的下午3點。可以打電話給誰？

1　前田先生

2　中山先生

3　前田先生跟湯姆先生

4　前田先生跟中山先生跟湯姆先生

35 金先生預計最多付5000日圓。可以拿到哪一輛腳踏車？

1　A

2　B

3　C

4　不拿

贈送不要的腳踏車！

A

這是我1年前花12000日圓買的腳踏車，用比當時便宜50％的價錢，賣給想要的人。因為沒怎麼使用過所以非常漂亮，當然也沒有壞掉的地方。

由於禮拜一、禮拜二、禮拜五要去上課跟打工，我應該沒辦法接電話。請在其他日子打電話給我。可以的話請下午打來。我會送到府上不用運費。

前田：090－0000－0000

B

因為買了車子，所以不需要腳踏車了。念高中的時候用了3年。雖然有些地方壞掉了，不過修好馬上就能騎。價錢是7000日圓，但是如果能到我家來拿的話就便宜2000日圓。我家在從大學走路約5分鐘的地方。

禮拜一到禮拜五因為要上課很忙，所以沒辦法接電話。想要的人請務必在六日打電話給我。

中山：044－455－6666

C

免費贈送舊腳踏車。因為非常舊，所以必須拿到腳踏車店修理才能騎。我問過店家，店員說修理會花5000日圓左右。我會把腳踏車送到府上，請付1000日圓運費。

有問題想問的人請盡管問。下午我要打工所以不能接電話，但是上午隨時都能打電話給我。

湯姆：090－1111－1111

聽解

問題1　在問題1中，請先聽問題。並在聽完對話後，從試題冊上1～4的選項中，選出一個最適當的答案。

例題

女：喂喂。我現在人在車站前的郵局前面，接下來我該怎麼走？

男：郵局啊。從那裡看得到一棟茶色大樓嗎？

女：嗯，看得到喔。

男：過馬路朝著那棟大樓走過來。然後走大樓旁邊的路走個兩分鐘有間超商，在超商前等我。我到那裡接妳。

女：嗯，我知道了。謝謝。

男：好，那麼待會兒見。

女性等一下第一件事要做什麼？

1　在郵局前面等待

2　進去茶色的大樓裡面

3　在便利商店買東西

4　過馬路

第1題

女兒在打電話給爸爸。爸爸首先必須要做什麼事情？

女：喂，爸爸，你還在家嗎？

男：我正好要出門喔。

女：還好趕上了。桌上有放一封信，可以到郵局幫我寄那封信嗎？

男：信啊。好啊。

女：另外回來的時候幫我買牛奶。

男：好，我知道了。

女：出門的時候記得一定要關燈喔。爸爸出門的時候總是會忘記關燈。

男：知道了、知道了。

爸爸首先必須要做什麼事情？

1

2

3

4

第2題

女性跟男性在講話。女性第一件事要做什麼？

女：田中先生，我買了零食，要不要一起吃。

男：好，我等一下再吃。現在有點忙…。

女：要不要我幫忙？

男：麻煩妳了。我現在正在影印這些文件，印好之後希望妳能在每個袋子裡放一張文件。

女：我知道了。

男：啊，放進袋子前要確認有沒有寫對方的名字。放進去後再確認就很麻煩了。

女：好的。

女性第一件事要做什麼？

1

2

3  4 

第3題

男性在郵局跟郵局的人講話。男性要付多少錢？

男：不好意思，這個包裹麻煩寄到北海道。

女：我明白了。寄到北海道是1500日圓。

男：啊，今天寄的話什麼時候會到北海道？

女：北海道的話會在三天後寄到。

男：那個，可以的話我希望趕快寄到，辦的到嗎？

女：明天送達的服務是2000日圓，而2天後送達是1800日圓。

男：那，麻煩幫我用最快送達的服務。

女：我明白了。

男性要付多少錢？

1　1500日圓
2　1800日圓
3　2000日圓
4　2500日圓

第4題

老師在學校說明考試的事。考試時不能做什麼事？

男：明天要在301教室進行考試。請記得不是平常使用的教室。301教室沒有時鐘，所以各位記得要自己帶手錶。考試一定要使用鉛筆作答。請不要使用原子筆。一定要將筆記本、教科書、手機放進書包裡面，書包請放在教室後面。

考試時不能做什麼事？

1　去301教室
2　帶手錶過去
3　用原子筆寫
4　把包包放在後面的桌子

第5題

女性跟男性在為旅行做準備。女性還要放哪些東西進行李？

女：我看看，相機放進去了。內衣、襪子也放了。這樣就準備好了吧。

男：毛衣也帶過去比較好吧？雖然是夏季，但畢竟是到山上。

女：嗯，已經放進行李了。

男：山上搞不好會很冷，手套也帶著比較好吧。

女：不用連手套都帶吧？

男：那麼帶帽子過去吧。因為要走山路，我覺得還需要好穿的鞋子。

女：也是呢。我知道了。

女性還要放哪些東西進行李？

1　ア和イ
2　イ和エ
3　イ和ウ
4　ウ和エ

第6題

百貨公司裡女店員跟男性在講話。男性會選哪一條手帕？

女：歡迎光臨。請問要找什麼呢？

男：我想要送手帕給媽媽當生日禮物，但是很猶豫要選哪一種

女：那麼這邊這條如何呢？雖然花紋樸素，但是細細的緞帶很時髦喔。

男：嗯～這種的她可能已經有了。

女：那麼這條花朵圖案的手帕呢。可愛的圖案很受歡迎喔。

男：嗯～有點太可愛了呢。

女：是這樣子啊。那麼這條如何呢。上面有大的蝴蝶結。

男：嗯～顏色有點…。我還是買一開始說的那條好了。

女：我明白了。謝謝惠顧。

男性會選哪一條手帕？

第7題

女學生跟老師在學校講話。女學生要跟誰拿書？

女：請問老師。老師在課堂上提到「這本書很有趣，建議各位看看」的那本書可不可以借給我呢？

男：啊啊，那本書啊。圖書館沒有嗎？

女：是的。我問過圖書館的人了。那本書被其他學生借走了。

男：這樣子啊。其實我不久前才把那本書借給林同學。

女：是這樣啊。

男：我會跟林同學說看完就把書交給妳。

女：好的，謝謝老師。

女學生要跟誰拿書？

1　老師
2　圖書館的人
3　其他學生
4　林同學

第8題

男性在講話。車子要停在哪裡？

男：通知所有來賓。由於本日有煙火大會，超市的停車場無法使用。特別停車場在橋的下面。為了避免造成街訪鄰居的困擾，請不要停在小學門口前面或馬路邊。麻煩請各位配合。

車子要停在哪裡？

問題2　在問題2中，首先聽取問題。之後閱讀題目紙上的選項。會有時間閱讀選項。然後聽完內容，在題目紙上的1～4之中，選出最適合的答案。

例題

女性跟男性在講話。女性要穿什麼參加婚禮？

女：真期待明天朋友的婚禮呢。

男：是啊。妳決定好要穿什麼了嗎？

女：其實我很想穿和服的，但是一個人穿不了，而且很難行動呢。

男：是啊。

女：所以我想說穿粉紅色的禮服，你覺得呢。
男：嗯～我覺得只穿那件會冷喔。
女：這樣啊。那這件黑色的呢？這件就不會冷了。
男：是沒錯，但不會太短了嗎？
女：是嗎？短一點比較時髦吧。決定了。就穿這件。

女性要穿什麼去婚禮？
1　粉紅色的和服
2　黑色的和服
3　粉紅色的禮服
4　黑色的禮服

第1題
女性跟男性在電話。男性會幾點回家？
女：喂，今天大概幾點會回到家？
男：還不清楚呢。現在開始到5點半要開會，之後還必須確認文件。光是要完成這些大概要花1小時吧。
女：這樣子啊。其實我從早上就一直頭痛…。想要你陪我去醫院。
男：還好吧？雖然會議不能暫停，不過文件我可以明天再確認，開完會我馬上就回去。
女：謝謝你。
男：搭電車回去大概會花30分鐘。妳先做好準備去醫院。
女：嗯，我知道了。

男性會幾點回家？
1　4點
2　5點30分
3　6點
4　6點30分

第2題
女性跟男性在講話。男性為什麼不吃飯？
女：奇怪？你幾乎都沒有吃，怎麼了？不好吃嗎？
男：不會，很好吃喔。
女：那是肚子痛嗎？
男：沒有啦。但是我不太想吃咖哩…。因為今天中午才吃過咖哩。
女：這樣啊。我還以為該不會是生病，很擔心耶。

男性為什麼不吃飯？
1　因為不好吃
2　因為肚子痛
3　因為中午吃過咖哩了
4　因為生病了

第3題
男性跟女性在為BBQ做準備。兩個人決定要帶什麼過去？
男：呃，BBQ要烤的肉，我記得田中會去買過來對吧。
女：對啊。今天感覺會很熱，多帶一些飲料過去好了。
男：是啊。但是飲料喝冰的比較好，在烤肉場地那裡買吧。
女：也對。那就不用背重物又方便，那樣比較好呢。啊，會流很多汗，多帶幾條毛巾去吧。
男：對啊。烤肉的時候有椅子坐比較方便，要帶嗎？
女：椅子的話可以到那邊借，不用帶。

兩個人決定要帶什麼過去？
1　肉　　2　飲料
3　毛巾　　4　椅子

第4題

男性跟女性在講話。女性為什麼開始在KTV打工？

男：加藤，聽說妳開始打工了？

女：是啊。我在KTV打工喔。

男：我記得山田也在同一家店打工吧？

女：是啊。但是山田上個月不做了。

男：咦～這樣啊。打工會很忙嗎？

女：不會，沒有很忙。而且店裡的人全都溫柔又風趣喔。

男：是這樣子啊。

女：我因為喜歡音樂，很想在可以一直聽到音樂的地方打工。所以我很開心喔。

女性為什麼開始在KTV打工？

1　因為山田先生也在同一家店工作
2　因為沒有很忙
3　因為店員很體貼、很風趣
4　因為喜歡音樂

第5題

女生跟男生在講話。為什麼男生會被媽媽拿走電動遊戲機？

女：怎麼了？沒有精神呢。

男：嗯。我媽拿走我的遊戲機了。

女：咦？為什麼？

男：因為我打電動打過頭，所以她叫我別再打電動了。

女：這樣啊。

男：如果下次考試考100分的話她就會還給我。

女：那麼就必須拼命用功才行呢。

為什麼男生會被媽媽拿走電動遊戲機？

1　因為電動打過頭
2　因為考試考不到100分
3　因為媽媽不打電動還給他
4　因為沒有用功念書

第6題

男性跟女性在講話。女性的家裡現在住著幾個人？

男：山田小姐的家庭有多少人？

女：六個人喔。父母跟哥哥、姐姐、弟弟跟我。

男：弟弟是高中生？

女：是啊。他現在要上補習班，每天都很晚回家。哥哥現在到國外工作，很少會回來日本。

男：這樣啊。那麼姐姐呢？

女：姐姐已經結婚，住在我家附近。她常常會帶孩子來我家玩喔。我在家的時候總是跟姐姐的孩子一起玩呢。

女性的家裡現在住著幾個人？

哥哥住在國外。姐姐住在女性的家附近。所以現在女性的家裡有爸爸、媽媽、弟弟跟女性四個人住。

1　3個人
2　4個人
3　5個人
4　6個人

第7題

女性跟男性在百貨公司講話。兩個人要買什麼當生日禮物？

女：要不要買這條項鍊當媽媽的生日禮物？她之前看到這條項鍊說很想要。

男：太貴了。我們沒有那麼多錢。

女：那手帕如何？

男：媽媽已經有很多手帕了。我覺得送蛋糕比較好。可以大家一起吃。

女：蛋糕我來做就好，不用買啦。啊，這個杯子好可愛。送這個呢？

男：杯子不是去年生日就送過了嗎。

女：也是呢。嗯～雖然有點貴，但還是送媽媽想要的東西吧。媽媽一定會很高興喔。

男：我知道了。

兩個人要買什麼當生日禮物？

1　項鍊

2　手帕

3　蛋糕

4　杯子

問題3　問題3請邊看圖邊聽取語句。→（箭頭）指的人應該要說什麼？請在1～3之中，選出最適合的答案。

例題

不小心把冰淇淋滴到跟朋友借的書上了。這時候要說什麼？

女：1　不小心弄髒你的書了，對不起。

　　2　書感覺會髒掉，對不起。

　　3　書好像變髒了，對不起。

第1題

店裡有人在吸菸。要警告對方該怎麼說？

女：1　我不抽菸。

　　2　請你不要在這裡抽菸。

　　3　請你不用顧忌抽菸。

第2題

情侶想要結婚。男性要送戒指。這時候要說什麼？

男：1　請讓我跟她結婚。

　　2　妳願意跟我結婚嗎？

　　3　她想要結婚。

第3題

老師在搬運很大的行李。男生想要幫忙。這時候要說什麼？

男：1　我來幫您拿行李。

　　2　我要拿行李。

　　3　要不要拿行李？

第4題

風吹得很強。紙張快要飛走了。這時候要說什麼？

女：1　咦？窗戶還是關著的。

　　2　啊～好像掉了很多紙。

　　3　抱歉，可以把窗戶關起來嗎？

第5題

隔壁房間的人很吵，晚上睡不著。這時候要說什麼？

女：1　有一天會變安靜吧。

　　2　變得稍微可以睡覺了。

　　3　可以請你安靜一點嗎？

問題4　問題4並沒有圖片。首先聽取語句。然後聽完對語句的回答後，在1～3之中，選出最適合的答案。

例題

男：這是伴手禮的零食，請吃一個。

女：1　哇啊，我不客氣了。

　　2　哪裡，不客氣。

　　3　請多吃一點喔。

第1題

女：這個藥一天要吃幾次？

男：1　請在早上跟睡前吃。

　　2　請配水吃。

　　3　不可以一個人吃。

第2題

女：可以的話，能不能再多說一點給我聽？

男：1　不好意思，我講得太大聲了。

2　好，當然可以啊。

3　希望能夠講得更慢呢。

第3題

男：今天的晚餐要吃什麼？

女：1　我來煮吧。

2　吃咖哩如何？

3　那個很棒呢。

第4題

男：奇怪，教室的燈開著喔。

女：1　看起來沒人在呢。

2　謝謝你幫我開燈。

3　因為田中在教室念書。

第5題

女：請問開會前要做什麼準備？

男：1　麻煩影印這份資料。

2　開完會去吃飯吧。

3　我打算在開會時說明。

第6題

女：小時候，父母都要你做什麼？

男：1　我常常被父母罵。

2　小時候，我常常讓他去運動。

3　每天都被逼著吃蔬菜。

第7題

男：老師什麼時候會來學校？

女：1　明天會來喔。

2　隨時都可以喔。

3　一直看起來都很忙呢。

第8題

男：我的雨傘跑到哪裡去了啊。

女：1　我可以去任何地方喔。

2　好想去買東西喔。

3　找遍所有地方都沒找到呢。

台灣廣廈國際出版集團
Taiwan Mansion International Group

國家圖書館出版品預行編目（CIP）資料

新日檢試驗N4絕對合格：文字、語彙、文法、讀解、聽解完全解析 / アスク出版編集部著；曾修政譯. -- 初版. -- 新北市：國際學村, 2024.01
面； 公分.
ISBN 978-986-454-322-9（平裝）
1.CST: 日語 2.CST: 能力測驗

803.189 112019313

國際學村

新日檢試驗 N4 絕對合格

編　　者／アスク出版編集部
翻　　譯／曾修政
編輯中心編輯長／伍峻宏・**編輯**／尹紹仲
封面設計／何偉凱・**內頁排版**／菩薩蠻數位文化有限公司
製版・印刷・裝訂／東豪・紘億・弼聖・秉成

讀解・聽解單元出題協力
西南學院大學兼任講師／小田佐智子
語言知識單元出題協力
飯塚大成、碇麻衣、氏家雄太、占部匡美、遠藤鉄兵、笠原絵里、嘉成晴香、後藤りか、小西幹、櫻井格、鈴木貴子、柴田昌世、中園麻里子、戸井美幸、中越陽子、西山可菜子、野島恵美子、松浦千晶、松本汐理、三垣亮子、森田英津子、森本雅美、二葉知久、濱田修、矢野まゆみ、横澤夕子、横野登代子（依五十音順序排序）

行企研發中心總監／陳冠蒨
線上學習中心總監／陳冠蒨
媒體公關組／陳柔彣
數位營運組／顏佑婷
綜合業務組／何欣穎
企製開發組／江季珊、張哲剛

發 行 人／江媛珍
法 律 顧 問／第一國際法律事務所 余淑杏律師・北辰著作權事務所 蕭雄淋律師
出　　版／國際學村
發　　行／台灣廣廈有聲圖書有限公司
地址：新北市235中和區中山路二段359巷7號2樓
電話：（886）2-2225-5777・傳真：（886）2-2225-8052
讀者服務信箱／cs@booknews.com.tw

代理印務・全球總經銷／知遠文化事業有限公司
地址：新北市222深坑區北深路三段155巷25號5樓
電話：（886）2-2664-8800・傳真：（886）2-2664-8801
郵 政 劃 撥／劃撥帳號：18836722
劃撥戶名：知遠文化事業有限公司（※單次購書金額未達1000元，請另付70元郵資。）

■出版日期：2024年10月2刷
ISBN：978-986-454-322-9

はじめての日本語能力試験　合格模試 N4